Turbulences et café crème

Tome 1

Ce texte a changé de couverture et de titre

(ancien Ma vie si simple)

Fleur de plume Édition

2ème édition

Conception de la couverture : © 2LI
Photo de l'auteure : © Caroline Ravera
Corrections : © Carole Laborde-Sylvain
Édition : Fleur de plume
ISBN : 978-2-9577979-4-3
Dépôt légal : juin 2021
Impression : BoD - Books on Demand, Norderstedt, Allemagne

Valérie Greffeuille

Turbulences et café crème

Tome 1

Ce texte a changé de couverture et de titre

(ancien Ma vie si simple)

Roman

Ma vie était si simple, avant. Plus j'avance dans la vie, plus je la trouve compliquée. Peut-être qu'avant je ne vivais pas.
Katherine Pancol

Si tu veux mon avis, il n'est jamais trop tard pour être ce que tu as envie d'être. Il n'y a pas de limite de temps, c'est quand tu veux. Tu peux changer ou rester la même. Il n'y a pas de règle pour ça. On peut en tirer le meilleur ou le pire. J'espère que tu en tireras le meilleur. **Benjamin Button**

Je dédie ce roman à toutes les personnes qui ont des doutes, ou un manque de confiance, mais une envie folle d'être elles-mêmes enfin, et vivre pleinement cette vie-là. C'est le discours que j'ai avec mes enfants afin qu'ils suivent leurs rêves. Je les remercie d'être à mes côtés avec leurs différences et leur amour. Depuis le début, ils croient en moi et en ma plume avec bienveillance. Je dédie également ce livre à toutes les "Sophie", j'aime la sonorité de ce prénom (pure fiction inventée et sortie de mon esprit).

1

Je regarde ce pot de crème et je suis contrariée. Il est pourtant écrit dessus qu'il est destiné aux femmes d'âge mûr, c'est Marie qui me l'a conseillé en me disant « tu verras, Sophie, elle fait des merveilles ! », mais franchement, je n'ai pas l'impression que ça fait grand-chose sur moi.

J'examine mon reflet dans le grand miroir de la salle de bains, je suis lasse et je soupire. Je viens de fêter mes quarante ans. Je me demande à quoi ça sert de mettre toutes ces crèmes à part engraisser les multinationales qui les produisent… Paul ne m'a pas fait remarquer que j'avais pris quelques rides, il ne me dit rien d'ailleurs. Je ne sais même pas s'il me trouve encore jolie. En y réfléchissant m'a-t-il déjà dit que je l'étais ? À quand remonte son dernier compliment ?

Je m'assieds sur le rebord du bidet. Il faudrait que je fasse retirer ce truc-là, les bidets sont démodés, plus personne n'en utilise.

Ah oui ça y est, j'ai trouvé ! Il n'est pas si ancien son dernier compliment finalement, c'était hier soir, lorsque ses collègues sont venus dîner à la maison, avec leurs femmes. J'en ai eu sur mon crumble aux pommes, c'est vrai qu'il est particulièrement bon mon crumble…

Je me redresse, la pensée optimiste liée à ce compliment ne suffit pas à me redonner le sourire, je suis vraiment blasée et fatiguée aussi. On s'est couchés très tard hier soir, je suis un peu dans le cirage ce matin, mais je vais m'activer, car les filles vont venir réclamer leur petit-déjeuner et j'aime être à la cuisine avant elles. Paul dort encore, il a l'excuse de travailler toute la semaine lui, alors que moi, je ne travaille pas ! Enfin, c'est ce qu'il me dit souvent.

Tout en m'affairant à la cuisine, je repense à la soirée d'hier. Les amis de fac de Paul et leurs épouses, trois couples en plus de nous. Le premier a apporté des macarons à la pistache, le deuxième a apporté du vin, toujours le même, et le dernier un gros bouquet de fleurs et ce sont toujours des tulipes ! C'est à croire qu'ils s'étaient mis d'accord dès la première soirée et maintenant c'est un paramétrage figé. J'ai passé ma journée en cuisine, Paul pense que je n'ai rien d'autre à faire alors je peux bien faire la cuisine pour ses amis ! Ils commencent à me courir tous, et puis j'en ai ras le bol de ces rendez-vous, c'est la réflexion que je me fais en ouvrant le réfrigérateur pour en sortir les confitures et le lait, et après le café ces quatre messieurs enchaînent sur une partie de cartes sans fin ! Je peste intérieurement en déposant les sets de table sur le comptoir de la cuisine.

Les épouses, elles, sont invariablement installées ensemble dans un coin à jacasser comme des pies. Je n'ai rien à leur dire. Elles s'adressent à moi lorsqu'elles arrivent et me complimentent toujours sur quelque chose, comme des automates. Passer les politesses, accompagnées de sourires polis et figés, c'est oublié : elles s'affalent dans les grands fauteuils du salon et attendent gentiment que je serve leur bourbon. À partir de cet instant, elles n'ont plus de regard vers moi et encore moins de paroles. J'ai tenté au début de prendre part à leurs conversations, mais j'ai vite abandonné. Elles ne m'apportent rien, pire elles me fatiguent et je m'en rends compte de plus en plus. J'aime autant être dans ma cuisine.

Je me demande comment j'ai pu laisser s'installer ces repas fades et interminables pour moi. Comment n'ai-je pas pu dire à Paul que ça ne me convenait pas ? Maintenant, j'ai le sentiment que c'est trop tard, je suis enfermée dans cette situation et je ne vois pas comment m'en sortir, j'étouffe et j'ai besoin d'air !

Une fois, lors d'une de ces soirées, Paul m'a fait remarquer que je ne prenais pas part aux conversations des femmes de ses amis, que j'étais vraiment trop timide ou trop réservée et que je l'avais toujours été. Je ne m'étais même pas défendue, j'étais trop introvertie... jusqu'à ce matin. Mais justement, ce matin j'ai envie de mettre un grand coup de balai dans cette vie, je n'en peux plus !

Les filles me font sortir de mes réflexions avec leur bonne humeur, Amandine chantonne depuis le bout du couloir, Clara reprend avec sa sœur et elles chantent maintenant toutes les deux à tue-tête, elles arrivent en se chatouillant et en riant aux éclats, Gus s'y met aussi et voilà qu'il se met à aboyer de plaisir ! C'est mon premier bol de vitamine de la journée, et je sens un sourire se dessiner sur mon visage qui s'y accroche pour au moins quelques bonnes minutes. Amandine me saute au cou et me refait les nouvelles grimaces que Kristen lui a apprises, je fronce les sourcils gentiment et lui fais remarquer que ce n'est pas très féminin. Clara pouffe en voyant sa sœur et je me mets à rire de les voir toutes les deux.

Cela me fait penser que je dois passer chez Kristen, la baby-sitter des filles pour la payer, elle est partie en vitesse hier soir juste au moment où Paul avait besoin de moi.

Paul, justement, arrive sur cette dernière pensée et avant de dire bonjour, on l'entend se plaindre du vacarme que font ses filles, il les réprimande dès qu'il entre dans la cuisine parce qu'elles l'ont réveillé. Je jette un œil discret à l'horloge qui affiche huit heures trente, c'est vrai que c'est tôt pour un samedi matin, surtout après s'être couché tard dans la nuit, mais je décide de ne pas aller dans son sens. Je m'attendais à avoir moi aussi une remarque lorsque je l'entends me dire que j'aurais pu leur demander de faire moins de bruit.

Je ne réponds pas. Je ne me retourne même pas vers lui ni le regarde.

Mon sourire a définitivement quitté mon visage. Il ne manque pas d'air. Aujourd'hui est un jour nouveau pour moi, je prends peut-être conscience que j'en ai vraiment marre d'être enfermée dans cette vie comme je le suis depuis toutes ces années, et puis j'en ai assez de servir de bonniche à mon mari.

— Sophie ! Sophie !

Il crie presque.

Je me retourne vers lui après avoir sursauté, mais je reste calme contrairement à lui.

— Mais tu ne peux pas répondre ? Qu'est-ce que tu fais ? Tu es dans la lune ? fulmine-t-il sans baisser le ton.

— Ben non, tu vois que je suis dans la cuisine, rétorqué-je le plus ironiquement possible.

— Oui, c'est ça ! Rajoutes-en une couche ! grommelle-t-il. As-tu fait du café ?

— Non, je n'ai pas fait de café ! Mais j'ai fait du thé si tu veux, répliqué-je simplement tout en sachant qu'il déteste le thé.

— Tu sais très bien que j'ai horreur du thé ! lâche-t-il de plus en plus énervé.

— Ah oui, c'est vrai ! soufflé-je sur le ton cynique qui me plaît d'avoir ce matin. Eh bien, soit tu patientes pour ton café, car je ne l'ai pas fait, soit tu le fais si tu sais encore comment fonctionne la machine à café ?

Et sur ces belles paroles, je quitte la cuisine pour aller m'affairer à la buanderie où une pile de linge m'attend. Quoi de plus reposant que de s'occuper d'un bon gros tas de vêtements à repasser, lancer une machine après avoir étendu celle qui a tourné dans la nuit.

Il ne tarde pas à débouler.

— On peut savoir ce qui te prend ce matin ? questionne-t-il sur un ton légèrement radouci.

— Il me prend que j'en ai marre d'être à ton service. Tu arrives en gueulant dès le matin parce que tu es réveillé par TES filles qui sont juste joyeuses de vivre…

Ma voix reste suspendue.

— Et ? tempête-t-il. Vas-y, ne t'arrête pas surtout, tu as l'air si bien lancée !

— Si tu veux tout savoir, j'en ai aussi ma claque des soirées avec tes amis !

— Que leur reproches-tu ?

— Eh bien… je ne sais pas moi, des tas de choses.

Je m'emberlificote dans mes mots tentant de construire des phrases qui n'aboutissent pas.

Paul est dans l'embrasure de la porte et me regarde sans sourciller, il attend plus d'explications et moi, je suis gourde d'un seul coup.

— Tu sais quoi, Sophie, en fait, tu es jalouse parce que j'ai des tas d'amis contrairement à toi, on ne pourrait même pas faire un rami si on les réunissait. Tu devrais être heureuse d'avoir des tablées joyeuses au lieu de ça, tu râles contre je ne sais pas quoi.

Je l'écoute sans rien dire, le ton de sa voix a baissé, mais il est d'une humeur exécrable. J'opte pour le silence de nouveau. Et il finit par partir dans la salle de bains.

Je reprends mon travail de lavandière. C'est faux ce que dit Paul, j'ai des amies tout de même, j'ai Marie, elle est ma meilleure amie, on se connaît depuis l'école primaire, c'est peu dire. Nos parents ont eu la bonne idée de ne pas déménager durant de nombreuses années.

Et puis j'ai des tas de copains et copines… que je ne vois pas trop d'ailleurs !

***

Hier soir fut comme toutes les autres soirées, je connaissais tout le déroulement avant la fin.

Paul est arrivé à dix-neuf heures trente, suivi de près par ses amis, pas plus tôt contrairement au reste de la semaine, au cas où je risquerais de lui demander de l'aide, ne sait-on jamais ! La soirée s'est déroulée comme d'habitude. Les hommes d'un côté, les femmes de l'autre. Les discussions de ces messieurs sur leurs clients respectifs et le foot, les conversations de ces dames sur les activités des enfants, les ragots sur leurs voisins, leurs chiens mal dressés et leurs enfants mal éduqués. Et après le café, une partie de bridge qui n'a qu'une seule vérité pour moi : l'heure à laquelle elle débute ! Ces messieurs se sont installés autour de la table que j'avais pris soin de débarrasser en vitesse. Ils ont joué et bu du cognac, il n'est pas rare que la bouteille soit vide à la fin.

Leurs épouses, sont restées au salon, et ont continué à jacasser sans interruption, elles ont de la ressource ! De temps en temps, elles encourageaient leurs époux respectifs.

Je les ai observés du coin de l'œil. Elles sont trop guindées et trop pomponnées pour moi, je suis tellement différente. Au quotidien, elles passent leur temps dans les salons de beauté ou à faire du shopping, elles se retrouvent pour prendre le thé et parlementent sans doute des heures durant. Ce n'est pas la vie à laquelle j'aspire, je n'ai jamais eu envie de ça. Elles sont persuadées de vivre la meilleure des vies qu'il soit donné à une femme et leurs maris ont l'air d'être satisfaits de leurs épouses en apparence parfaites. Je devrais être comme elles, ma mère vit la même vie qu'elles au quotidien en fin de compte, en y réfléchissant, c'est peut-être justement par opposition à elle que cela ne me convient pas !

Les amis de Paul, je les trouve trop insipides, bloqués dans une vie réglée comme du papier à musique, ils ne sont pas très expressifs, c'est vrai que leur vie n'a sans doute rien de très pétillant. Deux sont notaires, l'autre commissaire aux comptes comme Paul, enfin tous dans des boulots plutôt pépères, pas drôles, mais c'est juste ce que je pense.

Comment ai-je pu laisser ce genre de gens envahir mon espace ?

J'ai profité de la partie de cartes pour m'éclipser. Je suis allée voir si les filles dormaient et puis je suis restée plus longtemps que nécessaire, je savais que la soirée n'était pas sur le point de se terminer, autant souffler un peu. J'aurais préféré que tout le monde s'en aille.

Il s'est toutefois produit quelque chose de différent hier soir, lorsque je suis revenue vers nos invités, j'ai entendu Paul dans la cuisine, il répondait à quelqu'un d'autre qui parlait tout bas. J'ai ralenti le pas et, sans bruit, je me suis approchée afin de mieux écouter la conversation, le fait de les entendre parler à voix basse a aiguisé ma curiosité. J'ai reconnu la voix de Rémy, il parlait d'exploits sexuels, d'un rendez-vous dans un petit hôtel de quartier loin de l'étude et il racontait que Clémentine pimentait sa vie. Je l'ai même entendu conseiller Paul d'en faire autant et dire clairement : « Avec les années, nos épouses ne sont plus aussi gourmandes ».

Je n'en croyais pas mes oreilles ! Paul ne se défendait pas, et Rémy a ajouté : « Tu as raison, la discrétion, c'est la clé ».

Mais qu'est-ce que ça voulait dire ce genre de phrase ? J'ai fait quelques pas de loup en arrière et je me suis remise à marcher en faisant suffisamment de bruit pour être entendue. Rémy, suivi de Paul avec une nouvelle bouteille de cognac à la main, est sorti de la cuisine dès mon arrivée.

— On est venu prendre du ravitaillement, s'est défendu Rémy.

Paul, dans le sillage de son ami, n'a rien dit et m'a adressé un sourire poli.

C'était la pause entre deux parties, ils en remettaient donc une ! Il était une heure trente du matin, mais à quelle heure cette soirée finira-t-elle ? me suis-je demandé.

Les deux hommes se sont réinstallés autour de la table, Éric a dit :
—Vous en avez mis du temps ! Elle était au fin fond de la cave cette bouteille ?

Rémy a rougi et m'a jeté un regard scrutateur, j'ai fait comme si je ne comprenais pas ce regard et me suis dirigée vers les épouses, je sentais les yeux de Rémy rivés sur moi. C'est à ce moment que Paul m'a lancé :

—Sophie ? Tu nous trouverais des chocolats pour accompagner notre cognac ?

La voix mielleuse de Paul laissait supposer qu'il couvrait son ami dans le risque où j'aurais entendu une partie de leur conversation ! Ils n'étaient sûrs de rien quant à ce que je savais.

J'ai joué le jeu :

—Mais bien sûr, mon chéri.

Et sur ce, je me suis levée et suis allée chercher la boîte de chocolats que mes parents lui ont offerts et qu'il ne comptait partager avec personne d'autre que lui-même.

Lorsque je suis revenue, j'ai posé la boîte sur la table et Paul m'a foudroyée du regard. J'ai continué à faire comme si je ne comprenais pas et je suis repartie gentiment vers les épouses.

Au bout de peu de temps, ces messieurs sont venus nous rejoindre. Suzanne, la femme de Rémy, de son air joyeux a demandé si la partie était finie.

Son mari a répondu par l'affirmative et a annoncé qu'il était pris d'un coup de fatigue et qu'il préférait rentrer.

Tiens, tiens… aurais-je perturbé la partie de cartes ? J'ai souri intérieurement, c'était une petite victoire que je m'accordais.

Ce n'était pas sans me déplaire que tout le monde parte, il était deux heures du matin. J'ai emporté à la cuisine les verres et les tasses que j'ai rangés dans le lave-vaisselle.

— Je vais me coucher, a lancé Paul en passant devant la cuisine.

C'était sûr qu'il ne risquait pas de proposer son aide, déjà en temps normal il ne le fait pas !

Lorsque je l'ai rejoint, il dormait.

***

Je sors de la buanderie au moment où Paul quitte notre chambre douché et habillé.

— Tu sors ? questionné-je.

— Oui, je vais chercher du pain, le journal et puis je vais aller boire un café et peut-être faire un PMU.

— Elle est cool la vie vue de ton côté ! Lorsque tu reviendras, j'aimerais te parler de quelque chose, déclaré-je.

— De quoi veux-tu parler ?

Je peux sentir une petite inquiétude en plus de la curiosité dans sa voix, je reprends un peu le dessus et me retrouve en position de force.

— Non, voyons ça peut attendre, va boire ton café, lui dis-je sur un air désinvolte.

— Mais je t'en prie, je ne suis pas si pressé et je suis tout ouïe, me lance-t-il.

Le ton de sa voix a changé brusquement, il est plus doux, presque mielleux. Tout en continuant à ranger la cuisine, je lui dis d'un ton calme et le plus clair possible :

— J'ai entendu ta conversation avec Rémy hier soir et j'aimerais que nous en parlions.

Je me retourne vers lui pour le regarder fixement en disant ces derniers mots. Il est devenu blafard, comme si la lumière avait quitté son visage. Au bout de quelques secondes, il se met à parler.

— Tu écoutes aux portes ? lâche-t-il avec un léger ton de reproche.

— D'habitude non, mais là, c'était tellement conspirateur que ma curiosité l'a emporté sur ma retenue.

— Tu aurais dû rester discrète ! Qu'as-tu entendu ? questionne-t-il.

— L'essentiel, je crois, lui rétorqué-je en espérant qu'il m'en dise plus.

— Mais encore ?

— Une histoire de cul avec une certaine Clémentine !

— Ce n'est pas très fin la manière dont tu t'exprimes Sophie !

— Ce n'était pas très fin la manière dont il exposait ses ébats sexuels non plus !

— Bon, et maintenant que tu sais ce genre de détail, que vas-tu en faire ?

— Rien de particulier, je me demande si Suzanne est au courant ?

— Tu es débile enfin, Sophie !

Il rit nerveusement.

— Ne me manque pas de respect s'il te plaît, Paul ! Je peux être un peu plus stupide que ce que tu crois et aller prendre le thé avec Suzanne un de ces quatre aussi !

— Tu ne ferais pas ça ? rétorque-t-il.

— Je pense que non, mais si tu me pousses, moi, je n'ai rien à perdre, et je te rappelle que ce sont tes amis, pas les miens. Alors, j'attends au moins du respect de ta part et vu que j'ai entendu certaines choses, des éclaircissements aussi.

— OK, je vais te donner ces éclaircissements, apparemment Rémy s'ennuie un peu avec Suzanne, il n'y a rien de grave ni de définitif. Il s'amuse avec cette fille et puis ça passera et tout rentrera dans l'ordre.

— Jusqu'à la prochaine ?

— Je n'en sais rien. Et puis, je ne sais pas tout de ce que fait Rémy.

— J'en doute ! Et tu en fais autant toi aussi ?

— Tu dis n'importe quoi, ma pauvre Sophie !

— Je suis pauvre maintenant ? Tout à l'heure débile ! Et maintenant pauvre ! C'est de mieux en mieux !

— C'est une manière de parler, Sophie, tu prends bien vite la mouche ce matin !

— C'est le comble ! C'est toi qui t'es levé d'une humeur exécrable non ?

— Oui et j'avais une bonne raison ! dit-il énervé de nouveau.

Je n'en crois pas mes oreilles ! Je le foudroie du regard, mais je ne peux rien ajouter, les filles sont dans la cuisine à réclamer la balade promise la veille.

2

Impossible de trouver le sommeil, je décide de quitter le lit conjugal en prenant garde de ne pas faire de bruit avec le parquet qui grince par endroits, je ne veux réveiller personne dans la maison. Paul, lui, dort toujours d'un sommeil lourd, sauf quand les filles chahutent, mais vu la dernière engueulade à ce sujet elles ne risquent pas de recommencer. Pour moi le sommeil, c'est une autre histoire.

D'ailleurs, il faudra que je fasse un jour cette thérapie pour mon insomnie, Marie m'a conseillé de me faire suivre dans un centre efficace dans ce domaine. Ma fille aînée, Justine, me dit que j'ai un vrai problème avec cette histoire de sommeil, Paul m'en parle souvent aussi et les petites me demandent régulièrement le matin si j'ai bien dormi. Rien que pour ne plus les entendre en parler, je vais y réfléchir sérieusement. J'y pense, j'y pense... mais voilà c'est tout juste la rentrée donc ce n'est pas le moment.

J'arrive dans la cuisine, dehors il fait encore nuit et l'ambiance dans la pièce est différente. Je mets de l'eau dans la bouilloire et la regarde qui commence à frémir, j'en remplis la moitié de mon mug, j'attrape un citron dans la corbeille de fruits et j'en presse un peu, c'est bon et en plus ce mélange à de nombreuses vertus, j'ai lu ça dans un magazine chez le médecin la semaine dernière. Je ne me rappelle pas avoir vu que ça me permettrait de mieux dormir, mais que cela me donnerait du tonus et m'aiderait à perdre du poids, ça, je m'en souviens, j'ai toujours des kilos à perdre depuis la naissance d'Amandine.

Assise sur un tabouret haut, tourné vers la baie vitrée, je vois l'aube s'annoncer, colorant le paysage de chaudes lueurs orangées, belle récompense de s'être levée si tôt, cela me permet d'assister à ce simple spectacle de la nature. Gus entre dans la cuisine sans faire de bruit, il vient se poser près de moi et se met à regarder par la fenêtre. Je souris et tends la main pour le caresser. Voilà un animal fidèle et constant en amour, me dis-je. Je le revois chiot quand on est allé le chercher avec Amandine, c'est elle qui l'a choisi, à moins que ce soit lui, c'était une petite boule de poils noirs. Maintenant, il est devenu un beau et grand labrador, affectueux et très doux avec les filles.

La maisonnée s'agite, c'est une journée comme les autres. Les filles arrivent dans la cuisine, d'abord Clara suivie d'Amandine, elles sont en pyjama et s'installent chacune sur un tabouret autour de la cuisine américaine. J'entends Paul au fond du couloir qui rappelle Justine à l'ordre, elle est toujours lente à se lever. Nous avons décidé qu'il l'emmènerait au lycée dès que leurs horaires le leur permettraient. Aujourd'hui c'est le cas, le lundi elle commence les cours un peu plus tard, et puis c'est le jour le plus difficile pour Justine qui a généralement passé le week-end à voir ses amis. Reprendre le chemin du lycée est un vrai fardeau.

Le parfum de Paul arrive avant lui, il en met trop et dès le matin, je trouve que c'est… justement trop, je lui en ai fait la remarque une fois, gentiment, mais j'ai l'impression qu'il ne m'a pas entendue, car il en met toujours autant. Comme je ne veux pas le vexer, eh bien je ne dis plus rien, j'ai vu qu'il a trouvé étrange ma réflexion, en fait, il m'a fait rappeler qu'avant je l'appréciais son parfum, mais ce n'était pas ça le problème.

Il est maintenant dans la cuisine, il s'approche de moi et m'embrasse sur la joue en vitesse en disant : « b'jour ». C'est à peine s'il me regarde, comme un automate, ses gestes sont toujours les mêmes, il arrive invariablement de la même manière, il porte le même style de vêtements sombres, il est toujours bien coiffé, jamais un écart, jamais une fantaisie. C'est étrange comme je remarque cela alors que j'ai toujours trouvé ces habitudes normales auparavant, aujourd'hui, c'est différent.

Le temps d'une mini-bourrasque et la maison s'est vidée d'un seul coup. J'ai le sentiment d'être un peu vide aussi, mais heureuse de me retrouver avec moi-même. Je me demande pourquoi j'ai l'impression d'être si différente en ce moment, qu'est-ce qui a changé dans ma vie qui a l'air de bouleverser cet équilibre ? Cette prise de conscience peut-être de ce que je vis. Tout cela ne me convient plus. Comment ai-je pu vivre ce quotidien pesant durant toutes ces années ? Les filles ont rempli ma vie et maintenant qu'elles sont plus grandes, plus autonomes, je me rends bien compte de cette vie de servitude ! Qu'ai-je fait de moi-même ? J'ai l'impression qu'une sorte d'animal sauvage est en train de se réveiller en moi. J'ai hâte de voir où il va m'emmener !

Je devrais faire du ménage, de la lessive et du rangement, mais je n'en ai aucune envie. Je prends une veste légère et je vais me promener le long de l'Yvette avec Gus, il sera ravi et, moi, ça me fera le plus grand bien.

Quel bel endroit paisible que ce chemin des petits ponts, il fait doux, les couleurs de l'automne ont changé l'atmosphère de la balade et c'est juste reposant. J'avance doucement sur la voie aménagée et je vois le château de la Madeleine qui surplombe le village. Je quitte maintenant ce chemin du bord de la rivière et tout en suivant l'Yvette, j'atteins la forêt. Gus court autour de moi, il est le plus heureux des chiens, il n'y a personne sur le parcours et je peux le lâcher sans le maintenir en laisse. Je me remplis de cette nature simple. Gus va et revient aussi vite que possible. Je lui lance des bouts de bois qu'il rapporte, mais qu'il ne me donne pas forcément, je râle gentiment et je joue avec lui pour tenter de les récupérer, je ris.

Sur mon parcours, je vois quelques cyclistes et joggeurs au loin, pas d'autre chien par chance, bien que Gus soit très gentil et pas bagarreur du tout, je préfère qu'il ne rencontre aucune autre espèce à quatre pattes, je me suis déjà trouvée dans des situations compliquées au risque de prendre un coup de crocs au passage.

Il y a une fille au loin qui a l'air de me sourire, comme elle est justement loin, je n'en suis pas sûre et je décide de faire comme si je ne l'avais pas vue, je continue à jouer avec Gus. C'est une joggeuse et elle se rapproche de moi rapidement, elle stoppe à ma hauteur, je n'ai pas envie de rencontrer du monde, je soupire intérieurement.

— Bonjour, Sophie, me dit-elle complètement essoufflée.

Je me retourne vers elle, car c'est évident qu'elle me connaît.

— Oh bonjour, je ne vous avais pas reconnue de loin, lui dis-je pour dire quelque chose.

Il ne manque plus que cette fille-là à mon palmarès de filles étriquées. Élisabeth de quelque chose, je crois, avec une particule qui en dit long sur son statut, c'est une maman de l'école d'Amandine. Son père était ambassadeur et son mari l'est aussi, enfin ce n'est pas elle qui distraira ma journée.

— Oh, ce n'est pas grave, c'est une chance de tomber sur vous… je voulais justement vous voir, me lance-t-elle.

Si c'est pour prendre le thé comme les autres pas question. J'étais bien tranquille jusque-là et zut de zut.

— En quoi puis-je vous aider ? lui demandé-je, polie.

— Rien de particulier en fait, Alexandra fête son anniversaire ce mercredi et je me demandais si Amandine pourrait venir l'aider à souffler ses bougies.

— Je suppose que oui. Je pense que c'est possible, lui réponds-je sachant qu'Amandine adore sa fille, je peux donc m'avancer sans risque dans cette voie.

— C'est parfait, disons quinze heures à la maison.

— Oui quinze heures, c'est d'accord, lui dis-je sur le même ton mielleux qu'elle arbore.

— À mercredi alors.

Et elle part comme elle est arrivée, en courant.

Bon, finalement, ce n'était pas si terrible et elle ne m'a pris que dix minutes, je lui fais un signe de la main en restant clouée sur place.

3

Je me réveille en sursaut et en nage, ma chemise de nuit est trempée à la hauteur de mon torse, mon entrejambe est étrangement humide. Qu'est-ce que je viens de vivre ? Je me rends compte, juste après m'être posé cette question à voix haute d'ailleurs, que je suis dans mon lit, dans le noir, et que mon mari est couché à côté de moi, je réalise donc, ébahie, que j'ai rêvé, et je m'en souviens parfaitement, il est inscrit dans mon esprit aussi clair que dans un livre, comme des mots écrits noir sur blanc. Paul près de moi dort, son souffle est lent et régulier. Mon cœur bat très vite et j'ai l'impression qu'on peut l'entendre de l'extérieur. Calme-toi, me dis-je, calme-toi.

Je sors les bras de la couette de chaque côté de mon corps. Allongée sur le dos, je tente de reprendre le contrôle de ma respiration, surtout ne pas réveiller Paul. Une autre question m'envahit et m'inquiète tout à coup. Et si j'avais fait du bruit en rêvant, et si j'avais parlé ? Mon cœur se remet à cogner de plus belle, le stress me submerge. Je ferme les yeux, je dois absolument me calmer. Si je pouvais me rendormir, je ferais comme si rien ne s'était passé.

Je reste de longues minutes sans bouger, à tenter de contrôler ma respiration et à attendre que l'apaisement revienne à l'intérieur de moi. Je me déplace doucement et me mets sur le côté en tournant le dos à Paul. En fin de compte, je n'ai plus envie de dormir et j'ai du mal à stopper les pensées qui occupent mon esprit. Et puis avec ce que je viens de vivre, je me trouve mal à l'aise allongée à côté de mon mari.

Autant se lever. Sans faire de bruit, je quitte le lit dans l'obscurité. Paul n'a pas bougé pendant tout ce temps où je suis restée près de lui. Il dort vraiment très bien.

J'arrive dans la salle de bains, je me contemple dans le miroir, mon visage est clair, mes cheveux encore collés par la transpiration. Je me penche vers la baignoire et ouvre le robinet d'eau chaude, cela devrait me détendre de prendre un bain.

Je retire ma chemise de nuit que je jette dans la corbeille de linge sale. Je croise mon regard dans le miroir de pied fixé au mur. Je me mets à me scruter, je ne suis pas si mal finalement pour une femme de quarante ans. Je parcours des yeux les parties de mon corps dénudé, et puis mes mains suivent le même parcours. Je commence par le cou, mes seins que je trouve fermes après trois enfants, mon ventre un peu rond, mais sans aucune vergeture, mes fesses que je considère en pivotant. Je pose un pied sur le rebord de la baignoire d'où je peux voir mon sexe que je caresse délicatement puis je descends vers mes cuisses. Je termine la visite de mon corps par mes pieds et mes orteils aux ongles peints.

J'entre dans l'eau chaude et je m'accroupis avant de m'y plonger totalement. Je me laisse glisser et amadouer par cette chaleur.

Je ferme les yeux et je repense à l'inconnu de mon rêve. Il m'a touchée comme jamais on ne l'a fait auparavant. J'ai des envies, mais elles ne m'ont jamais fait exploser de sensations pas comme dans ce fantasme, je me rends compte aujourd'hui que c'est un manque dans ma vie de femme, et ce nouveau moi qui se réveille me le fait sentir encore plus. Parfois, il m'arrive de me caresser, je me donne du plaisir, car je ne suis pas satisfaite de l'intimité que Paul m'accorde. Est-ce moi qui ai changé ? Ou lui ? Peut-être un peu les deux ! L'animal sauvage qui prend forme en moi me fait aller vers autre chose, d'autres pensées, d'autres désirs. Est-ce pour cette raison que je fais ce genre de rêve ?

Allongée dans la baignoire, je ferme les yeux. Je revois l'homme qui était dans mes songes, ce que j'ai vécu était presque palpable, je peux percevoir mon ressenti.

C'était la nuit, une rue sombre, comment l'ai-je rencontré ? Je ne m'en souviens pas, mais nous ne sommes pas seuls, un groupe de gens marchent autour de nous, avec nous, la soirée est animée et joviale, je le connais sans le connaître, un regard échangé, une affinité immédiate, c'est une sensation agréable d'être près de lui, il m'attire énormément, je n'ose le contempler, il n'est pas franchement tourné vers moi, mais nos deux corps sont si proches dans cette marche que je peux sentir sa chaleur, son odeur, puis sa main se glisse dans la mienne, ses pas ralentissent laissant les autres prendre de l'avance.

Puis l'homme se tourne vers moi, il me bloque, je n'ai pas peur, au contraire, je veux ce moment depuis longtemps, sa main monte le long de mon bras, passe sur ma joue, dans mon cou relevant mes cheveux.

Il fait une nuit noire, le ciel est très couvert, la pluie vient de cesser, la voie sur laquelle on évolue est mouillée, il fait chavirer mon visage contre sa paume, son autre main est dans mon dos m'attirant à lui, me pressant contre lui. Ses yeux sont plongés dans les miens, l'intensité de ce regard est presque insoutenable. Finalement, il approche son visage du mien, s'arrête puis reprend sa progression et doucement, tout doucement, pose un baiser sur mes lèvres, puis me regarde à nouveau, sans rien dire, sans un son, il se colle contre moi maintenant et je peux sentir son sexe en érection, il m'embrasse plus vigoureusement, sa langue est agréable et joue merveilleusement bien avec la mienne. Ce baiser est d'une volupté que je ne connaissais pas, je voudrais qu'il ne s'arrête jamais.

Je pose mes doigts sur ma bouche, je peux encore sentir cet intense baiser.

L'homme se dégage délicatement de moi, se tourne légèrement, il passe son bras autour de ma taille et m'entraîne avec lui reprenant la marche que nous avions interrompue, mes jambes sont devenues aussi molles que de la marmelade, je ne contrôle plus mes muscles, des effluves d'alcool envahissent mon esprit, ça pétille dans ma tête, je suis tellement bien. Les autres sont loin, on peut les entendre rire, mais sans les voir. On doit être à Paris, car on marche sur une berge de la Seine et on s'approche d'un pont. Je sens que l'homme ralentit en arrivant dessous. Son bras glisse de ma taille et sa main attrape la mienne, il en baise l'intérieur et stoppe totalement sous ce pont. Il me contemple, sa main vient caresser ma joue, son pouce glisse sur ma bouche, il dégage une mèche de mes cheveux et la passe sur le côté de mon visage, son regard est intense, il embrasse mon cou, écarte le bord de mon pull pour mieux libérer la surface de ma peau. Mon cœur s'est remis à battre bien plus vite, une chaleur croît à l'intérieur de mon ventre, mes jambes semblent m'abandonner. Il m'examine et me demande si je suis d'accord pour aller plus loin, j'acquiesce d'un hochement de tête, je suis incapable de prononcer le moindre mot, mais je le souhaite intensément, je ne veux surtout pas que cela s'arrête, j'en veux encore, encore plus. Il s'avance vers moi et me fait reculer sous le pont, nous sommes totalement invisibles des gens. Je peux toujours voir son visage, nos yeux s'étant habitués à l'obscurité. Il glisse une fois encore sa main sous mes cheveux, cette sensation me fait défaillir, son autre main remonte sur mon ventre caressant mes seins. Il me serre plus fort contre lui, m'embrasse. Mes yeux brûlent de désir laissant s'échapper quelques larmes. Ses baisers deviennent plus gourmands, ma réponse est gourmande aussi. Les picotements au creux de mes reins sont si intenses qu'ils en sont presque insoutenables, j'ai l'impression d'avoir de la fièvre tellement j'ai chaud. Il laisse tomber à terre mon trench-coat, j'ai un pull fin dessous, une longue jupe, des bas et des bottes. Sa main glisse le long de ma cuisse relevant ma jupe, tout en m'embrassant dans le cou, ma respiration devient haletante, je n'en peux plus, je le désire plus que tout, ma culotte est trempée, je sens sa main sur mes fesses, il la glisse dans ma culotte et vient caresser mon intimité. Il émet un gémissement de satisfaction, il me dit que mon sexe est aussi doux qu'un pétale de rose, je geins. L'excitation grimpe très vite, il se colle contre moi et je peux sentir son sexe tendu, je couine de satisfaction. Il me dit que je lui plais beaucoup, qu'il a très envie de moi. Il détache son regard du mien et descend le long de mon corps, relevant complètement ma jupe il fait glisser ma culotte, il me fait relever un pied pour la dégager puis l'autre, il écarte légèrement mes jambes, je sens le bout de sa langue à l'intérieur de mes cuisses et sur mon sexe maintenant, je gémis de contentement, c'est si chaud et doux, il prend ma main et me fait toucher mon sexe, puis il remonte le long de mon corps me regardant, il dirige mes doigts baignés de mon suc dans sa bouche, je le laisse faire, tout est doux, puis vient sa bouche, mon excitation est à son paroxysme, il se redresse, mes mains se cramponnent à son dos, puis ses fesses que j'attire contre moi. Je ne peux plus attendre, je relâche un peu la tension pour déboutonner son pantalon, à mon tour, je fais glisser son caleçon dégageant son sexe tendu, il se colle contre moi, relevant ma cuisse d'une main ferme et introduisant son sexe dans le mien, doucement au début, il se retire presque entièrement et revient plus profond en moi, il stoppe, me regarde, je gémis, il entre franchement maintenant me laissant émettre un léger cri, il reste un moment, puis ressort et joue maintenant de ce va-et-vient chaud, intense. Je sens son sexe contre mon vagin à chaque passage exerçant ce massage sexuel parfait, ces mouvements deviennent de plus en plus rapides, presque brutaux. Je m'agrippe à lui, nous nous embrassons, la chaleur est élevée, les sensations sont délicieuses...

C'est à ce moment précis que je me suis réveillée dans la réalité de la nuit, à côté de mon mari, qui lui ne m'a jamais fait grimper si haut dans les émotions. L'amour avec Paul est, comment dire, conventionnel, si bien que je n'en ai pratiquement jamais envie, il n'a pas l'air de s'en plaindre, ou alors il voit quelqu'un d'autre. C'est bizarre, un homme normalement constitué devrait réclamer de faire l'amour plus souvent. Dans notre cas, ça doit faire bien deux mois qu'on n'a pas eu ce genre de gymnastique.

— Tu es dans la salle de bains ?

Paul est derrière la porte et me sort très vite de mes rêveries.

— Oui, oui, j'en ai pour une minute, lui réponds-je rapidement.

Je reprends mes esprits, je suis mal à l'aise d'un seul coup comme si j'étais dans la tromperie vis-à-vis de Paul, c'est idiot je n'ai rien fait.

Je souris. J'aurais bien aimé le vivre ce rêve, me dis-je. Mais ne suis-je pas un peu folle ?

4

Je me suis enfin inscrite dans ce club de marcheurs avec Marie, elle compte y faire de nouvelles rencontres, elle me tanne depuis longtemps pour que nous nous inscrivions ensemble, ne voulant pas y aller seule, et puis ça me sortirait de chez moi, a-t-elle rétorqué. J'étais assez d'accord sur ce point justement au moment où je trouvais ma vie de plus en plus ennuyeuse. C'est chose faite, nous voilà arrivées à Saulx-les-Chartreux pour le départ de la randonnée. Le rendez-vous avec les autres promeneurs est sur un parking où nous nous garons. Au premier abord, le groupe à l'air sympa, Marie connaît une seule personne, une femme plus âgée qu'elle salue, elle semble être la meneuse de la bande. Elle nous fait un rapide tour des membres présents et tous paraissent charmants. Marie est dubitative, je me doutais qu'elle comptait y trouver un éventuel partenaire pour occuper ses soirées. Je souris en me disant que ce n'est pas un de ceux-là qui va l'émoustiller.

Nous entamons notre balade qui se fera le long de l'Yvette. J'adore cette rivière et je la connais bien en plus, j'ai l'impression d'être un peu chez moi.

Nous évoluons en direction de Villebon-sur-Yvette, Jocelyne, l'organisatrice, nous annonce que nous devrions y être dans environ deux heures trente, si nous n'avons pas de retardataire dans ce groupe. Le circuit est agréable. Tout en avançant, j'échange quelques phrases avec certains marcheurs. Il s'agit de gens plus âgés que nous, des retraités sans aucun doute, il y a toutefois des femmes de notre génération, mais tous des gens sont d'une vie sociale élevée. Je pourrais m'y faire peut-être quelques nouveaux amis, ils n'ont pas l'air tous coincés comme ceux que j'ai l'habitude de fréquenter. Marie, en s'inscrivant à cette randonnée, avait cette idée en tête ; de nouvelles rencontres, de nouvelles amours. Bien que les femmes ne l'intéressent pas et après un rapide tour d'horizon de ces messieurs, aucun d'entre eux non plus, elle semble moins emballée par cette sortie. Elle est plutôt du style croqueuse de la vie dans tous les domaines et les conquêtes sont pour elle une sorte de tableau de chasse avec toujours un intérêt financier, si possible. Je me retrouve de moins en moins dans cette amitié, je m'en rends compte aujourd'hui et cela me dérange. Lorsque j'étais plus jeune, elle était mon oxygène, je n'avais qu'elle, mes parents étaient très amis avec les siens. S'ils avaient su quel type de fille elle était, ils ne m'auraient pas laissé en sa compagnie. Pourtant, je n'étais pas souvent à l'aise avec ses manières, mais je me serais bien gardée de dire quoi que ce soit, j'étais tellement contente de pouvoir m'échapper de chez moi.

Nous passons sous un pont et découvrons un mur rempli d'œuvres de Street art, il y a ceux qui aiment et ceux qui aiment moins, j'avoue que les dessins sont bien faits et j'y suis assez sensible, je pense à ma mère qui j'en suis sûre n'apprécierait pas du tout. Pourquoi est-ce que je pense à elle maintenant ?

Au début, je n'étais pas forcément très motivée de me retrouver avec des inconnus sur les chemins de randonnée, j'ai tellement l'habitude des balades en solo avec Gus, mais finalement, les autres marcheurs sont vraiment sympathiques. Pour l'instant, je reste aux côtés de Marie qui me fait part des potins de la semaine. Elle est très friande des histoires de couples de ses amies et ne manque pas de me raconter tout ce qu'elle a appris sur eux.

— Savais-tu, me dit-elle, que Romain est allé dîner avec sa secrétaire la semaine dernière ?

— Non, ils avaient un rendez-vous professionnel sans doute.

— En duo ? Ça m'étonnerait.

— Isabelle est peut-être au courant de ce dîner ?

— Je n’ai pas réussi à le savoir, mais je vais m’y atteler, renchérit-elle.

— Ne va pas semer un doute dans son esprit avec tes questions, relevé-je.

— Je vais y aller en douceur, et puis zut ! C’est ma copine Isabelle, elle a le droit de savoir si elle est cocue, non ? N’aimerais-tu pas que je te prévienne si j’apprenais par le plus grand des hasards que Paul à une maîtresse.

— Pourquoi ? Tu as des choses à me dire ? rétorqué-je un peu agressive.

— Ne prends pas la mouche ! T’as des doutes sur ton mari pour réagir comme ça ?

— Bien sûr que non !

— Alors, ne sois pas inquiète, ma chérie…

— Avec tes questions tordues, tu mets de la suspicion partout. En tous les cas, s’il me prenait l’envie d’avoir un amant, tu serais la dernière que je mettrais au courant, ironisé-je voulant détendre l'ambiance avec ma précédente réplique brutale.

Marie se met à rire à gorge déployée, trop bruyamment à mon goût.

— Toi, un amant ? Non ça, c’est impossible ! Tu dois être la seule sur terre à ne pas pouvoir faire ce genre d’extravagance.

— Pourquoi dis-tu ça ?

— Tu es trop… conventionnelle pour faire un écart, avec l’éducation que tu as reçue, tu ne peux être que dans la convenance la plus stricte.

Je suis humiliée, elle y va un peu fort là ! J'accélère le pas d'un seul coup la laissant dans sa prose grotesque. Ce n'est pas le bon moment en plus, j'ai encore cette sombre soirée d'amis dans la tête et les complots de Rémy et Paul dans la cuisine.

— Sophie ! T'es fâchée ? me questionne-t-elle en me rattrapant.

— Tu te permets des commentaires que tu ne devrais pas faire, tu vas trop loin parfois, alors, contente-toi de marcher et oublie-moi.

Marie se tait, sans doute interloquée par ma répartie inhabituelle. Elle fait une pause et reste quelques mètres en arrière, penaude. Tant pis pour elle.

Je me demande en continuant ma route comment je peux encore être amie avec elle, elle n'est pas très délicate, parfois grossière et je ne la trouve même pas drôle. Je repense à ce qu'elle vient de me dire sur le fait que je ne puisse pas avoir d'amant, vu le rêve que j'ai fait récemment, je pourrais en avoir un. Toutefois, je n'aimerais pas me retrouver dans la peau de l'infidèle, mais pouvoir vivre les sensations de ce rêve ne me déplairait pas.

Pourrai-je les vivre un jour ? Je suis plongée dans mes pensées lorsque Marie m'interpelle, me demandant de l'excuser et avouant qu'elle a été stupide.

— Pardon ? Ah oui ! Ce n'est pas grave, ne t'inquiète pas, c'est déjà oublié.

Marie semble encore plus surprise de ma réaction. Elle ne me connaît pas sous cet angle, je ne me reconnais pas moi-même. Cela nous arrive de nous disputer, c'est toujours Marie qui est indélicate dans ses propos, moi, je suis du style constant, je fais rarement des vagues, pas assez en fin de compte, c'est en train de changer. C'est vrai que d'habitude, il faut à Marie un peu de temps pour me reconquérir, cela peut durer plusieurs jours, voire une semaine. Pour le coup, là ce fut très rapide.

La balade terminée, Marie me laisse chez moi sans qu'on se dise quand on se reverra. J'ai envie de me retrouver seule et sans elle maintenant, je préfère rester silencieuse pour ne pas risquer une proposition de sortie, elle ne me pose pas de question non plus et c'est tant mieux.

5

Un samedi matin dans la cuisine, seule comme d'habitude, la maisonnée est encore endormie, je viens de passer une nuit difficile, une de plus. Perdue dans mes réflexions avec mon thé brûlant dans les mains, j'ai la tête embrouillée, mes yeux se portent sur cette merveilleuse nature qui s'éveille dans la lumière de l'aurore.

***

Les vacances de février arrivent à grands pas alors que celles de Noël viennent à peine de se terminer, mes journées me semblent moins longues depuis mes sorties avec le groupe de marcheurs. D'ailleurs, Marie n'est pas revenue depuis Noël et finalement, je ne m'en trouve pas plus mal, je me suis mise à discuter avec les autres de tout et de rien. C'est peut-être aussi une nouvelle ère pour moi où Marie n'aurait plus sa place dans ma vie. Et puis Aurélie est arrivée et elle remplit tout cet espace. Je l'ai rencontrée pendant le réveillon chez des amis communs, je l'avais déjà vue, mais ce n'était pas dans mes habitudes de me lancer dans une conversation avec une personne que je ne connais pas ou peu. Tout change. Je me réjouis maintenant d'avoir eu cet échange avec elle, je m'ennuyais affreusement. Je m'étais retirée sur le balcon pour prendre l'air et être un peu en retrait de l'agitation, je n'avais pas tout de suite vu Aurélie qui était assise dans un coin dans l'obscurité. En fait, elle avait eu la même idée que moi et finalement dans ce registre on avait toutes les deux conversé sur l'assommement profond de la soirée.

Aurélie sortait tout juste d'une histoire de cœur compliquée, elle ne voulait pas trop en parler ni trop y penser et préférait se plonger dans sa vie professionnelle, elle était passionnée de livres et comptait sur le surplus de travail qu'elle s'était donné pour aménager la librairie qu'elle venait d'ouvrir et oublier sa rupture sentimentale.

Je me rappelle lui avoir dit que je ne lisais pas. Elle avait été stupéfaite d'apprendre que je ne connaissais pas les grands classiques que j'aurais sans aucun doute dévorés et aimés, cela ne pouvait être autrement m'avait-elle rétorqué, elle m'avait cité des passages culte de madame Bovary ou de la princesse de Clèves. On avait ri et terminé cette soirée mieux que ce qu'elle avait commencé en fin de compte. Aurélie m'avait promis de me faire aimer la lecture et en retour, je lui avais proposé mon aide pour son agencement.

Depuis, Aurélie est entrée dans ma vie me dis-je en souriant, cette libraire est devenue une bonne copine, après son installation en début d'année, on a entrepris le réaménagement complet de toute la boutique.

Aujourd'hui, je peux dire qu'Aurélie a gagné son pari en me donnant l'envie de lire, j'ai avalé plus de bouquins en un mois que je n'en avais jamais lus avant. Quand j'étais enfant, mes parents ne m'ont pas vraiment incitée à la lecture. Ma mère, pourtant, dévore des ouvrages énormes toujours en relation avec le passé, je n'ai jamais aimé l'histoire durant mon cursus scolaire. J'ai fini par être persuadée que cette activité était très soporifique, comme ma mère qui était ennuyeuse elle aussi. Je crois que tous les manuels de droit que j'ai dû avaler étaient bien suffisants.

Finalement, la lecture n'est pas si insipide, c'est tout autre chose, j'ai découvert le voyage, l'évasion, l'imaginaire. Je peux m'enfuir tout en étant enfermée dans ma vie de famille. Quelle merveille !

***

Un peu plus tard, je perçois Paul au salon en grande conversation avec Justine. Ils parlent de manière enjouée ce qui n'arrive pas souvent. Je tends l'oreille et entends maintenant mon mari discuter de projet de ski. Intérieurement, je fais la moue, les petites installées dans la cuisine autour de leur petit-déjeuner ne disent trop rien, la seule des filles qui semble emballée, c'est Justine. Elle a appris à skier avec son père alors qu'elle savait à peine marcher et elle a gardé le goût de cette activité. Clara, depuis une mauvaise chute, a peur de chausser des skis et Amandine n'a jamais voulu essayer ; quant à moi, n'en parlons même pas du ski, je n'aime pas ça du tout ! Trop de monde dans un endroit trop restreint. Par le passé, j'accompagnais toujours Paul, mais je restais en retrait de toute cette agitation, je m'ennuyais bien sûr. Nous n'avons pas eu l'occasion d'y retourner depuis pas mal de temps et je ne m'en porte pas plus mal. Justine a toutefois pu y aller avec ses grands-parents l'an dernier.

Paul paraît y tenir cette année et l'organisation semble se peaufiner.

Les petites ont fini par entendre leur conversation, elles me regardent soucieuses et me questionnent sur ce projet d'aller dans cette station. Sans trop savoir où cela nous mènera, je réponds que rien n'est décidé et que j'avais un autre programme pour nous, qu'on en parlera tous ensemble.

Enfin, c'est ce que je crois, car Paul semble avoir organisé ses vacances avec Justine sans même me demander mon avis. Justine est ravie. Hormis le ski, elle sait qu'elle retrouvera ses amis, elle est déjà suspendue à son portable.

Entre deux conversations, et au beau milieu de notre déjeuner, Paul parle de son idée d'aller faire du ski avec ses amis et Justine, il prend la place de l'un d'eux qui a dû renoncer à son séjour pour des raisons familiales.

— Mes parents comptaient avoir les filles pour les vacances, lui rétorqué-je.

— Tu ne m'en as pas parlé ! s'indigne-t-il.

— Je n'en ai pas eu le temps.

— De toute façon, il n'y avait pas assez de place pour tout le monde. Comme tu ne skies pas ni Amandine.

— Tout va bien alors !

— Mais Clara a peut-être envie de venir.

Clara me regarde, l'air suppliant, comme pour me dire de la sortir de là.

— Il me semble qu'elle aimerait parfaire son éducation équine chez les grands-parents.

— C'est vrai qu'il y a cette nouvelle passion du cheval, j'avais oublié, ajoute-t-il.

Cette dernière remarque n'est pas des plus agréables, mais j'incite Clara à rester en dehors de la conversation pour ne pas envenimer la légère tension que je détecte.

— Et toi bien sûr, ça ne te dit rien !

— Pour être honnête, non ! En plus, Aurélie m'a déjà dit qu'elle aurait besoin de moi à la librairie, au moins pour une partie de la période des vacances.

— Ah oui, la librairie ! dit-il comme s'il s'agissait d'une ridicule fumisterie.

— Pardon ? Y a-t-il un problème avec le fait que j'aide Aurélie ? demandé-je sans tarder.

— Non. Mais tu n'as pas besoin de travailler et tu as assez à faire à la maison, n'est-ce pas ?

Je ne réponds pas à cette remarque grotesque, pour ne pas dire grossière, et me lève pour jouer mon parfait rôle de bonne ménagère en rangeant la table, signifiant par-là que le repas est terminé et qu'il peut aller faire ce que bon lui semble, il n'a rien à faire dans mon environnement proche.

— Comment feras-tu avec les filles ? s'informe-t-il avant de quitter les lieux.

— Je n'ai rien décidé pour l'instant. Mes parents ont proposé de venir les chercher en voiture au début des vacances.

— Six cents kilomètres en voiture ! Tu déraisonnes ?

— Ils s'arrêtent, tu sais, ils prennent leur temps, ça peut être bien de vivre ce voyage avec eux.

— Le plus simple est que tu partes avec elles en avion comme d'habitude ! C'est nouveau ça aussi de les laisser partir avec tes parents !

Je crois rêver de plus en plus et je commence à bouillir fortement.

— Cette année, c'est comme ça ! Elles survivront, je pense !

— C'est n'importe quoi, mais bon, fais comme tu veux et puis il semble que tout est arrangé, je n'ai donc plus rien à dire.

Sur ces dernières paroles, il quitte enfin l'embrasure de la porte et va dans son bureau. Déjà, il parle au téléphone et j'entends la conversation se porter sur ses prochaines vacances.

Je suis en colère maintenant. Comment peut-il me dire des choses pareilles ? Je me ressers du café et vais m'asseoir sur la terrasse. Il fait froid, mais le soleil est là et je crois que je n'aurais pas pu rester une minute de plus à l'intérieur sans pousser un cri de guerre. Se calmer, se calmer…

Les petites, suivies de Gus, me rejoignent sans tarder. Amandine me supplie d'aller faire une balade tout en gesticulant avec le chien. Voilà une super idée ! En temps normal, j'aurais refusé, car la cuisine n'est pas rangée, mais là je me fais une joie d'abandonner mes tâches domestiques. Mon café bu, je reviens à l'intérieur, enfile une veste chaude, des baskets et nous voilà sur notre chemin favori. Je ne saurais pas dire si c'est le chien ou les filles qui sont les plus heureuses.

Tout en marchant, je réfléchis à ces derniers échanges. Tout est ma faute, je l'ai tellement habitué à être disciplinée et obéissante sans jamais rien relever. Une bonne femme à la maison oui !

— Papa n'a pas voulu venir ? me demande Clara.

Je me rends compte qu'on est sorti sans rien dire à Paul ni à Justine. Je ne leur ai pas proposé de nous accompagner et je n'ai même pas dit où on partait. Zut, ça ne va pas aller dans mon sens ça !

Tant pis, on verra bien.

— On est sorties tellement vite que j'ai oublié ! rétorqué-je pour ma défense.

Je sens que même dans l'esprit de Clara ce n'est pas de moi ce genre de réaction.

— Tu crois qu'il va appeler les pompiers s'il ne nous voit pas, lui lancé-je en plaisantant.

— Noooon, clame-t-elle en riant.

Et elle repart comme si de rien n'était avec Gus et Amandine. Je marche tranquillement derrière eux. Je sens que je m'apaise peu à peu, voilà ce qu'elle a de bon cette balade. Ce club de marcheurs a su me faire évacuer les tensions en fin de compte.

Après notre petite boucle, nous rentrons enfin, c'est l'heure du goûter et je me suis laissé convaincre pour une crêpe partie.

Les filles s'engouffrent dans la maison, jettent leurs vestes en passant. Gus suit de très près. Je referme la porte et Paul sort brusquement de son bureau pour venir à ma rencontre.

— Mais où étiez-vous ? questionne-t-il sur-le-champ.

— On est allé faire une balade avec le chien, réponds-je le plus calmement possible.

— Tu ne m'as rien dit ! Vous êtes parties sans prévenir !

— Désolée, tu aurais voulu venir ? me risqué-je.

— Sophie ! Là n'est pas la question ! Et puis non, je ne serais pas venu, j'avais du travail, mais tu aurais dû me prévenir enfin !

— J'ai oublié. On est parties en vitesse, je n'ai pas réfléchi.

— Penses-y un peu la prochaine fois ! balance-t-il en tournant les talons.

Je suis bien gourde et ma colère revient à grands pas. Je me dirige vers la cuisine où les filles sortent déjà tous les ingrédients pour faire des crêpes.

— Mmmm, les bonnes crêpes qu'on va faire, déclare Clara. Tu vas voir papa rappliquer dès qu'il va sentir l'odeur maman, il aura tout oublié, ajoute-t-elle.

Je reste interloquée d'entendre ce que vient de dire Clara et je me mets à rire de cette réflexion.

— Pourquoi riez-vous ? demande une voix.

Justine se tient sur le seuil de la cuisine.

— Pour rien, dit Clara en riant encore.

Je me détourne et entame la confection de la pâte, un grand sourire aux lèvres.

6

Mon départ pour Fontanges est là, je n'ai pas vu ces jours derniers défiler tellement j'étais occupée à la librairie. Être seule à la maison m'a permis de faire du rangement en grand aussi, peut-être que c'était une manière d'oublier que mes filles n'étaient pas présentes. Je n'ai pas l'habitude d'être seule, l'ai-je déjà été ?

Me voilà à Orly, mon enregistrement est fait et mon avion décolle dans une heure. Je passe les contrôles de sécurité tout de suite, ça sera fait et j'aurai du temps pour prendre un thé et m'acheter un magazine que je feuilletterai peut-être en attendant l'heure du départ.

Installée avec ma tasse fumante, la porte d'embarquement est quasiment en face de moi. Mon magazine posé sur la table n'a pas été ouvert. Tout autour se trouvent les gens de passage, les parents et leurs enfants. Personne ne peut s'imaginer que je suis une mère de famille avec un mari et trois filles. Je me rends compte juste maintenant qu'elles me manquent effroyablement, j'ai beau leur avoir parlé au téléphone tous les jours, tout du moins les petites, car je n'ai pas eu Justine ces derniers temps. Enfin, je suis heureuse de bientôt les serrer dans mes bras.

C'est la première fois que je voyage ainsi sans mes filles. Il m'est arrivé d'aller à Fontanges sans Paul, mais nous partions toujours ensemble avec elles, aujourd'hui c'est vraiment nouveau. Cette situation est différente et pas insurmontable. Je n'avais pas très envie de passer du temps près de mes parents et avec la librairie, j'ai un alibi parfait.

Installée dans l'avion, je repense aux filles, elles ont fait le voyage en voiture avec mes parents. Ils se sont arrêtés dans un ancien monastère transformé en hôtel à Souvigny, comme ils ont l'habitude de le faire. Les filles m'ont dit que c'était un super endroit, que les propriétaires étaient très gentils, et que parmi les quelques clients il y avait des enfants de leurs âges. J'ai même senti qu'elles seraient bien restées plus longtemps, mais Germaine les attendait à Fontanges. Elle arrive toujours avant eux pour faire les courses et préparer la maison, douce Germaine, c'est une perle. Je ne sais pas comment elle fait pour supporter ma mère depuis toutes ces années.

Six cents kilomètres à parcourir en voiture au total quand même. Ils transportent beaucoup de bagages à chaque fois. Ma mère ne prend jamais l'avion à moins que ce soit obligatoire, elle a décrété qu'elle n'aimait pas voyager avec le peuple. Mon père aurait volontiers pris ce style de transport, mais ce n'est pas lui qui décide. Et ma mère aurait préféré un lieu de villégiature plus proche de Paris, mais mon père a imposé son choix voulant retrouver la terre de ses ancêtres, une envie de revenir à ses sources sans doute. C'est comme ça qu'ils ont racheté une maison de village à Fontanges.

J'ai souvent entendu ma mère dire que la ferme familiale était immense et pas du tout adaptée à leur vie, même pour les vacances. Ils avaient délaissé Fontanges très tôt pour vivre à Paris, et puis c'était nécessaire pour la vie professionnelle de mon père, c'était bien avant ma naissance. Il avait très vite regretté de quitter complètement Fontanges.

Je viens ici depuis que je suis toute petite. À l'époque, personne ne vivait dans la maison voisine et le village n'était pas aussi peuplé que maintenant. Il n'y avait pas d'autre enfant avec qui jouer, je passais mes vacances en vase clos avec mes parents, et plus précisément, ma mère. Je me réfugiais souvent auprès de Germaine, c'est elle qui m'a appris à cuisiner d'ailleurs.

Peut-être que si je suis si introvertie, ce que j'entends dire autour de moi, c'est probablement lié à mes parents qui ne m'ont jamais laissé la possibilité de m'ouvrir un peu au monde et aux autres, je me rends bien compte aujourd'hui que j'ai eu une vie refermée sur moi-même.

Pourquoi m'ont-ils fait vivre cet isolement tout au long de mon enfance ? Avaient-ils peur de quelque chose ? Et de quoi ? N'y a-t-il pas là quelques mystères ?

Mes parents ne parlaient pas, et encore moins devant l'enfant que j'étais, on se contentait de traverser le temps sans encombre, c'est ce que j'avais appris.

Je pense à une seule personne qui pourrait peut-être m'apporter quelques vérités, enfin ce n'est pas si sûr ; ma tante Lucie qui vit non loin de là.

La seule chose positive que j'aie entendue sur Lucie, c'est que grâce à elle ils ont pu acheter cette maison. Lucie connaissait et fréquentait beaucoup de monde. Dans le Cantal, tout se fait plus facilement entre Cantaliens. Bien que mon père soit originaire de Fontanges, il n'avait plus de contact avec les familles locales. Sauf dans ce cas, ils ne parlaient jamais de Lucie. J'ai à plusieurs reprises demandé pourquoi on ne la voyait pas, je les questionnais à son sujet, mais les réponses étaient toujours détournées.

J'ai compris plus tard dans les conversations entendues à la sauvette que ce n'était pas une personne fréquentable, ce que ça voulait dire je n'en savais rien, mais j'avais arrêté de poser des questions. Mes parents avaient leurs raisons, sans doute de bonnes, et c'était tout.

Aujourd'hui, c'est autre chose, je suis différente, je crois que toutes ces cachotteries ont assez duré et j'ai besoin de mettre des mots sur tous ces non-dits, ces mystères et peut-être que quand je comprendrai pourquoi Lucie est mise à l'écart de leurs vies, eh bien j'irai mieux, qui sait !

Pour l'instant, je suis dans cet avion qui me rapproche de Fontanges, j'ai réservé une voiture de location à l'aéroport d'Aurillac pour être indépendante, sans cela, je devrais compter sur celle des parents pour bouger ce qui même à mon âge n'est jamais facile. Cette année, plus que toutes les autres années je ne veux pas rester en rade à la maison, ça, pas question !

Il faut vraiment que je pense à autre chose, me dis-je, car je risque d'arriver remontée contre mes parents et je ne vais pas réussir à les supporter.

J'ai trois quarts d'heure avant l'atterrissage, largement le temps de dormir un peu. Manquant de sommeil, la fatigue aura peut-être raison de moi.

Tout en me détendant pour apaiser mon esprit, je pose ma tête et regarde par le hublot, les nuages, la terre en contrebas, je ferme les yeux.

***

Je me réveille d'un seul coup, en nage.

J'ai rêvé que je courais dans un champ de blé, je devais avoir quinze ou seize ans et j'étais vêtue d'une petite robe fleurie et légère. Il faisait chaud. À côté de moi se trouvait une autre personne, un garçon. Je tournais la tête pour le regarder, il était beau avec de belles boucles blondes. On se connaissait bien, je sais qu'on avait quasiment grandi ensemble, mais les années ayant transformé nos corps il semblait flotter une tout autre atmosphère entre nous. En arrivant au bout du champ, on était essoufflés, on riait, le garçon s'approcha de moi et me prit la main tout naturellement. On s'était déjà donné la main, mais cette fois était différente, la sensation était autre, il y avait une sorte d'appréhension douce et palpitante. On marchait d'un pas vif vers la rivière maintenant avec l'idée de se rafraîchir un peu. L'eau était claire et de grands arbres se courbaient au-dessus.

On s'approchait de l'eau et après s'être mouillé le visage, les bras, la nuque, le garçon commença à m'asperger et ce furent des éclats de rire. J'étais presque trempée, je m'éloignai en courant et le garçon derrière moi m'attrapa en moins de dix secondes. Il m'enserra la taille, je me pliai sur son bras, me redressai en me déplaçant, je pris appui sur un gros chêne qui se trouvait là dans mon dos. Le jeu se transformait en tout autre chose, le garçon approcha une main de mon visage, je ne riais plus, je le regardais intensément, ses doigts brûlaient ma peau, j'appuyai ma joue dessus, son autre main se posa sur ma joue, ses yeux étaient plongés dans les miens.

— Tu es devenue très jolie, lance-t-il

Je baissai le regard, rougissante.

— Tu es même très belle, ajoute-t-il.

Et c'est après ces quelques mots qu'il approcha ses lèvres des miennes, doucement, sans me brusquer, il tenait à ce que je sois d'accord avec ce qu'il était sur le point de faire. Je ne bougeais pas, j'étais hypnotisée par la scène qui se déroulait maintenant.

Il m'embrassa par petites touches, il y revint à plusieurs reprises, puis langoureusement, longtemps. Il se dégagea, me regarda intensément et m'embrassa à nouveau d'un baiser plus profond, j'avais l'impression qu'un feu brûlait à l'intérieur de mon corps, des braises de plaisir.

Mon rêve se termina quand les roues de l'avion touchèrent le sol, juste au moment où ça devenait intéressant, me dis-je.

***

Je regarde par le hublot, l'avion se met en place pour le débarquement.

Je ne bouge pas de mon siège, je pose mes doigts sur ma bouche, il me semble percevoir encore la sensation de cet intense baiser sur mes lèvres. Les gens commencent à se lever alors que je suis dans les nuages. Ma voisine me demande si je ne descends pas. Je me lève en vitesse, attrape ma valise et quitte l'avion presque la dernière.

Le dépaysement est immédiat, l'aéroport est si petit par rapport à Orly. J'avance vers la sortie, je n'ai pas de bagage en soute et file vers le loueur de voitures.

Je dois patienter un peu pour les vérifications d'usage avant d'embarquer dans mon super bolide. Je laisse mes pensées vagabonder maintenant vers la maison de vacances de Fontanges.

Presque dix jours que les petites y sont. J'avais inscrit Clara à un stage dans un poney club et Amandine passe presque tout son temps avec le voisin, Anthony, qui a le même âge qu'elle. Il habite la maison d'à côté et ils sont toujours très heureux de se retrouver, c'est chouette pour elle. Les parents d'Anthony adorent Amandine et ils la trimballent avec eux presque tout le temps, ainsi ma mère ne devrait pas râler quant au fait qu'elle doive s'occuper d'elle à ma place, un peu ça va, mais il ne faut pas que ça dure. Elle saura me le faire remarquer, je suppose.

La maison de deux étages est une grande bâtisse de maître située à la sortie du village. À l'entrée de la propriété, un grand portail en fer forgé et une longue allée gravillonnée bordée d'arbres l'isolent du reste des maisons, c'était le choix de ma mère, pour ne pas être trop à la vue des voisins.

La maison a été restaurée avec goût par un architecte d'Aurillac à l'époque. Mon père venait seul pour suivre les travaux.

7

Il est onze heures lorsque je récupère ma voiture de location, petite, mais agréable à conduire, me voilà indépendante, j'en souris, j'en ris presque. Mes parents vont trouver bizarre que je loue une voiture, ils s'attendent à ce que j'arrive en taxi comme d'habitude. Je me souviens des mots de ma mère : « Ne t'embête pas à louer une voiture, tu pourras disposer de la nôtre comme tu le souhaites, Sophie. » Alors qu'en fait il n'en est rien et à chaque fois que je suis sur place je ne peux que me plier à leur bon vouloir, même à mon âge. Cette fois au moins je serai libre comme l'air… avec ma petite voiture.

Je roule maintenant vers la maison, je ne verrai sans doute pas les filles en arrivant, Clara est en ce moment sur son poney au centre équestre de la Baronne, elle ne finit que vers midi et demi et sera à la maison vers treize heures, je pense, et Amandine est partie avec les parents d'Anthony à une sorte de foire d'animaux, si j'ai tout compris. J'allais presque l'oublier, je fais la moue et n'ai aucune envie de me trouver en solo avec mes parents, je les verrai suffisamment durant les jours suivants et préfère attendre que mes filles soient là. Il se trame vraiment quelque chose, la naissance d'une rébellion contre ma famille.

Je pense aux filles qui aiment passer leurs vacances avec leurs grands-parents, par chance, elles ne vivent pas la même chose que ce que j'ai vécu enfant, heureusement d'ailleurs, ils sont beaucoup plus cool avec leurs petites-filles, ça doit venir de leur âge avancé, me dis-je, bien que cette réflexion soit dénuée de sens.

Je quitte la zone de l'aéroport, je me retrouve presque en campagne, je contourne Aurillac et prends la direction de Fontanges. La double voie est fluide et je suis déjà au milieu des prairies, du vert, quelques maisons, je souris, car j'aime ce que je vois. Je continue sur une route plus étroite et en même temps je me trouve encore plus proche des pâturages.

Je consulte ma montre, je suis moins pressée d'arriver, j'ai deux heures devant moi avant d'être avec mes filles et je suis à environ quarante kilomètres de Fontanges, soit moins de trois quarts d'heure de route. Je crois que je vais en profiter pour prendre un thé en chemin. La traversée de Lardennes ne m'offre aucun café pour m'arrêter, je suis à quatre kilomètres de Jussac, j'aurai sans doute plus de chance, c'est un village plus important.

Je commence à voir des fermes avec des vaches. Moi qui n'aime pas spécialement conduire, je me régale sur cette route. L'architecture des maisons anciennes est vraiment différente ici, de grosses bâtisses de pierres apparentes avec des toitures à quatre pans très inclinés. Quelques minutes plus tard, j'arrive dans le village de Jussac, je me gare et me dirige vers un café qui se trouve en bordure de route.

On est bien loin de l'agitation des cafés parisiens. Une femme sort au moment où j'y entre, j'ai l'impression que c'était ma tante Lucie, j'écarquille les yeux et me retourne pour aller à sa rencontre, mais lorsque je suis devant elle, je vois que je me suis trompée. Je m'excuse sans donner d'explication, elle avait l'air pressée et je n'ai pas voulu la retarder. Je m'engouffre dans le café, me pose dans un coin et commande un thé.

Je me cache presque derrière mon sac, je suis ridicule. J'attrape mon téléphone et me mets à pianoter dessus nerveusement. Presque machinalement, je cherche l'adresse de Lucie. Avec un peu de chance, elle sera inscrite sur les pages jaunes. Si tel est le cas, je vais la trouver facilement. Je tape le nom de Lucie, celui de ses parents puisque c'est la sœur de mon père et que, de ce que j'en sais, elle ne s'est jamais mariée. J'écris DELMAS sur mon application, je lance la recherche et trouve un seul nom avec le prénom Lucie.

—Bingo, c'est elle ! dis-je à haute voix. Je me retourne vers le comptoir, mais le propriétaire est plongé dans son journal et avec la radio dans le fond il semble ne pas m'avoir entendue, tant mieux me dis-je avant qu'on me prenne pour une folle.

J'active mon GPS et cherche le parcours pour arriver chez Lucie, je découvre qu'elle vit dans le hameau de Pradines à côté du petit village de Saint-Chamant à l'ouest de Fontanges. Je pourrais faire du repérage pour le jour où je déciderai d'aller la voir. Je suis déjà sur la bonne route puisque je passe par Saint-Chamant. En y allant, je n'aurai même pas une rallonge de trajet, peut-être un peu plus pour trouver sa maison, car je n'ai pas d'adresse précise. La seule chose que je sais d'elle c'est qu'elle élève des chevaux, j'ai entendu cette information dans une conversation autrefois, est-elle toujours en activité ?... J'en doute.

Voilà une occupation qui me plaît bien, je vide ma tasse de thé d'un trait, me lève, paye au comptoir et rejoins ma voiture sans tarder. Je pose mon téléphone à côté de moi avec le GPS activé afin de prendre la bonne direction en sortant du village de Saint-Chamant, ensuite je n'aurai qu'à avoir un peu de chance. Je pourrais l'appeler, mais je ne suis pas sûre qu'elle serait ravie de m'entendre, je ne vois pas ce qu'elle pourrait avoir contre moi, mais si elle m'associe à mes parents, je comprendrais qu'elle soit réticente à l'idée de me rencontrer, mais ça, c'est pour la prochaine étape.

Ma route bordée d'arbres, de forêts et de prairies est splendide, c'est une vraie richesse cette campagne profonde, je repense à mes vacances à Fontanges, je souris et me sens bien de retrouver ces lieux. Quinze minutes plus tard, j'arrive à Saint-Chamant, magnifique et minuscule village très local, mon GPS me dit de le traverser. Je me souviens être venue pour le visiter. Je prends la route vers le hameau des Pradines et je remarque à la sortie du village le majestueux château de Saint-Chamant, il faudra que j'y revienne avec les filles.

Je suis au cœur du hameau trois minutes plus tard. Pradines est comme Saint-Chamant, à flanc de montagne, des maisons anciennes et d'autres plus récentes. Je peux voir des vaches dans les champs, mais pas de chevaux. Je décide de traverser ce hameau pour m'imprégner du lieu, et puis, sait-on jamais, je verrai peut-être une tête connue près d'une habitation.

Il ne semble pas y avoir beaucoup d'activité, j'entends un tracteur plus loin et je me dirige vers cet endroit. Il se trouve dans un champ sur les hauteurs du hameau où des vaches paissent, je continue ma route, se trouvent quelques maisons et fermes, plus loin j'aurai peut-être plus de chance. Je roule quelques minutes en me disant que ça devient compliqué de trouver la maison de Lucie lorsque je vois un pré en contrebas et quelques chevaux. Je stoppe la voiture. J'ai toujours aimé cet animal imposant qui me semble doux malgré sa taille.

Je reste ainsi un bon moment à contempler ces chevaux, il y a deux alezans aux crins lavés et un poney gris et blanc. J'entends une porte au loin, je tourne la tête vers la zone d'où vient le bruit, il s'agit d'une maisonnette en pierre comme il y en a beaucoup ici. Je vois une femme en sortir, elle a des cheveux longs de la même couleur que les miens, blond vénitien. Mon cœur se met à battre plus vite. Je suis déjà quasiment sûre qu'il s'agit de ma tante Lucie. Je m'enfonce dans mon siège maintenant de peur qu'elle ne me remarque, je me sens ridicule.

J'attends qu'elle retourne vers sa maison pour redémarrer ma voiture, car je ne tiens pas à ce qu'elle me voie tout de suite. Je veux être prête pour la voir, j'ai besoin d'y réfléchir et je préfère que la rencontre ne se fasse pas à la va-vite. Je dois repartir vers la maison de mes parents où mes filles vont bientôt arriver.

Je me remets en chemin dès que possible sans trop d'empressement. Mes mains tremblent sur le volant, c'est ridicule, me dis-je.

8

Je circule sur les petites routes bordées de champs encore occupés par des vaches. J'ouvre ma fenêtre, l'air est frais, il m'aide à recouvrer mon calme et m'apaise, mais seulement pour un léger répit. Bientôt les retrouvailles avec mes parents et me préparer à ça est un vrai travail, tout de suite, je me sens vulnérable. Je décide de rouler plus doucement pour ne pas arriver trop vite bien que j'aie hâte de revoir mes filles.

Je m'approche de Fontanges et j'entre dans le village, je le traverse complètement, personne, pas une voiture à croiser, tout est tranquille.

Je longe maintenant le grand mur en pierre qui délimite la propriété, et je prends le virage un peu large pour me poser devant le portail. Je descends de l'habitacle, compose le code d'entrée, j'ai juste le temps de remonter avant que l'imposant portail de fer s'ouvre.

J'engage ma voiture de location dans l'allée bordée d'arbres, les mêmes qu'avant, toujours bien taillés, bien rangés. Je reconnais le bruit du gravier en roulant dessus, je me gare, surtout pas devant la maison. Je coupe maintenant le contact et me trouve en face de cette grande maison qui fut ma prison dorée durant tant d'étés.

Rien ne change, tout est comme figé dans le temps. Les mêmes fleurs devant l'entrée, les mêmes meubles de jardin. Je lève les yeux, et les rideaux aux fenêtres sont inexorablement identiques à mon enfance. Je ne suis pas revenue ici depuis un an et demi et j'ai l'impression que cela fait une éternité. Cette année, j'ai dû rester à la librairie avec Aurélie et je n'avais pas d'autre option que d'envoyer les filles en vacances sans moi, venir ici les enchante.

Je soupire, quelque chose se pince au-dessus de mon ventre, dans le petit creux entre mes seins, je touche cet endroit pour le masser et dissiper mon malaise. Je me demande si je serais capable d'être ici sans les filles, je me dis : à quoi bon venir pour passer du temps avec mes parents. Je ressens de la culpabilité d'avoir ce genre de pensées, mais comment l'éviter, je suis de moins en moins en phase avec eux, avec leurs vies, leurs idées, leur quotidien, je n'arrive pas à trouver ne serait-ce qu'une seule chose qui pourrait me rapprocher d'eux, c'en est presque horrible.

L'animal sauvage à l'intérieur de moi a l'air de s'être réveillé encore un peu plus en atteignant cet endroit, je sens que je vais devoir le maîtriser si je ne veux pas le voir sortir de mon corps à tout moment.

J'entends une porte de la maison s'ouvrir, ce qui m'extirpe de mes réflexions, des pas rapides dans le gravier maintenant, avant même que j'aie pris le temps de me retourner mes deux filles arrivent en courant vers moi, les cheveux bouclés d'Amandine, la tête ronde et la chevelure lisse de Clara. Je lâche aussitôt mon sac et ouvre les bras pour les accueillir.

Je suis si heureuse de les retrouver et c'est à ce moment précis que je me rends compte qu'elles m'ont manqué. Quel bonheur de les voir enfin !

***

Clara et Amandine parlent en même temps de ce qu'elles ont fait, même si je sais quasiment tout puisque je les ai appelées tous les jours, mais quelle joie de les entendre ! Alors, je préfère les laisser me raconter encore leurs histoires.

J'ai eu la bonne idée d'acquérir un nouveau téléphone portable pour les vacances pour le confier à Clara, le choix entre demander à mes parents de parler aux filles ou acheter ce téléphone pour discuter directement avec elles fut élémentaire. Il était bien sûr entendu que l'usage de ce téléphone serait exclusivement réservé à nos conversations et serait retiré une fois chez nous, Clara avait accepté le deal, mais je savais déjà qu'elle ferait sa rentrée en sixième avec ledit portable.

Ma mère apparaît dans l'embrasure de la porte et lève les yeux d'étonnement en voyant ma voiture de location. C'est une réflexion du type « c'est nouveau cette idée de voiture ? » qui m'accueille à la place d'un « bonjour » ou de « tu as fait bon voyage ? ». Je décide de répondre à ce que j'aurais dû entendre… « Bonjour maman, oui très bon », sur un ton légèrement ironique.

Clara s'esclaffe en m'entendant et elle me prend la main, suivie d'Amandine qui n'a rien compris de ce qui vient de se produire.

Mon père apparaît à son tour et questionne ma mère qui est restée sur le perron.

— Francelyne, à qui est cette voiture ?

— Demande à ta fille ! lui rétorque-t-elle en me regardant.

Puis elle se retourne après avoir fait un geste désinvolte.

Intérieurement, je souris de la scène, comment pouvait-on s'appeler Francelyne, et comment avait-elle pu rencontrer un homme qui s'appelait François ?

Une fois à dans la maison, je pose ma petite valise et file à la cuisine pour embrasser Germaine qui m'accueille les bras ouverts après s'être essuyée à la hâte les mains sur son tablier.

— Comment vas-tu ma caille ? demande-t-elle. Tu as fait bon voyage ?

Voilà ce que mes parents devraient me dirent en me voyant arriver, mais non, c'est Germaine qui s'en charge.

— Très bien. J'ai loué une voiture pour venir, mais ça n'a pas l'air de plaire aux parents.

— Laisse dire va, et tu as bien fait, tu pourras te balader comme bon te semble. J'espère que tu as faim parce que le déjeuner est prêt, on n'attendait que toi et tes filles ont failli picorer dans mes marmites tellement elles sont affamées.

— J'ai une faim de loup.

Je sors pour aller vers la salle à manger, la table est mise et Clara m'annonce que c'est elle qui l'a fait. Amandine s'empresse de dire qu'elle a aidé aussi. Ma mère calme les filles avant même qu'elles commencent à chahuter.

— Allez vous laver les mains ! lance-t-elle.

Je les suis et en fais autant. À la cuisine on rit toutes les trois des blagues d'Amandine, et c'est hilares que nous retournons à la salle à manger. J'emporte une salade de lentilles. Germaine a préparé une quiche qui embaume la pièce et promet de nous régaler.

À table je parle surtout avec mes filles qui ne cessent de me raconter tout ce qu'elles ont vécu ces derniers jours.

Je questionne toutefois un peu mon père sur son quotidien, mais ma mère répond à sa place se plaignant presque qu'il passe tout son temps dans son bureau à travailler, il est proche de prendre sa retraite, il doit vouloir boucler ses affaires restantes.

9

Je prends le chemin pour me rendre chez ma tante, en moins de trente minutes j'y serai. J'ai fait le choix d'une visite surprise, mais je crains un peu que Lucie ne veuille pas vraiment me recevoir, ce qui ne serait pas anormal vu tout ce que j'ai entendu de la bouche de mon père. À l'écouter, c'est une femme sans vertu, elle est plus jeune que lui. Elle a fui la ferme familiale au moment de son bac et a, semble-t-il, vécu d'une manière anarchique durant quelques années. Par son comportement, elle a déshonoré ses parents. Elle était le point noir de cette famille si traditionnelle et si bienveillante. Je n'ai entendu cette histoire qu'une seule fois de la bouche de mon père, il en parlait à voix basse à un très bon ami parisien qui était en visite, j'étais à cette époque adolescente ou presque.

***

Je roule sans me presser, j'apprécie la nature verdoyante, les champs avec les vaches qui paissent, les fermes, du vert et encore du vert. J'aime cette campagne de paysages simples.

Tout en roulant, je repense à cette conversation entendue à la volée au sujet de Lucie, mon père paraissait gêné par ce qu'il disait, peut-être ne voulait-il pas trop dire de choses négatives sur le dos de sa sœur. Tout de même, elle leur avait permis d'obtenir cette maison où ils passent leurs vacances depuis mon enfance, il devrait être plus reconnaissant que ça, me dis-je.

Je vois maintenant le champ avec les chevaux, la maisonnette en pierre est devant moi un peu sur ma droite. Je me gare le long de la route comme je l'ai fait l'autre jour, je coupe le contact et descends de voiture. Les équidés sont en train de brouter tranquillement, l'un d'entre eux est plus près de l'habitation, attaché à une barrière en bois. C'est alors que je la vois, Lucie, je suis sûre que c'est elle maintenant, elle a quelque chose de familier dans sa démarche. Ma tante s'avance d'un pas vif vers le cheval, elle est vêtue d'une veste et d'un chapeau dans lequel sont cachés ses cheveux en chignon, mais je peux distinguer quelques mèches rousses qui dépassent.

Elle détache l'animal qui tout naturellement la suit vers une zone moins verdoyante. Ce sol est recouvert de sable et elle commence à le faire tourner autour d'elle, dans un sens puis dans l'autre, doucement puis plus vite. Le manège dure un certain temps. Je ne me lasse pas de les regarder, les gestes sont doux et fluides et le cheval semble aimer ces exercices, on ne sent aucune nervosité chez Lucie, elle paraît aussi heureuse que lui.

Je me demande comment se fait-il que mes parents aient une si mauvaise opinion de cette femme.

Machinalement, je m'avance vers l'habitation et je m'engage sur la propriété par le chemin, il faut que je prenne une décision de toute façon, je compte faire ce que j'ai prévu et je tiens absolument à arriver à lui parler, d'autant plus que je suis plus à l'aise après avoir suivi des yeux le travail qu'elle fait avec son cheval.

Je m'appuie maintenant à la barre en bois où tout à l'heure le cheval était attaché, il y a cette odeur d'équidés qui me plaît. Je continue à les suivre du regard, elle ne semble pas m'avoir remarquée, elle paraît tellement concentrée sur ce qu'elle fait. Je ne perçois pas moi-même que quelqu'un est derrière moi, je sursaute en entendant une voix grave.

— Vous aimez les chevaux ?

— Oui beaucoup, dis-je rapidement et un peu gênée de me trouver là.

— Désolé, je vous ai fait peur.

— Eh bien, j'ai été surprise, mais je ne devrais pas être là en fait, je suis sur une propriété privée.

— Pas de soucis, vous êtes la bienvenue et je suis sûre que vous n'êtes pas malveillante.

— Euh non, je ne le suis pas.

— À la bonne heure ! Alors surtout, ne bougez pas et appréciez le spectacle.

— Merci.

L'homme se met à regarder en direction de Lucie avec les yeux de l'émerveillement, j'en fais autant.

— Vous êtes de la région ? me demande-t-il au bout d'un petit moment.

— Non, de Paris, je suis en vacances non loin d'ici.

— Ça doit être dépaysant alors.

— Oui, assez.

— Tiens, voilà Lucie qui a terminé, je vais vous la présenter.

Si j'avais voulu m'échapper et remettre cette rencontre à une autre fois ce n'était plus possible, Lucie se trouvait maintenant très proche de nous, j'avais concentré mon regard sur le visage de cet homme, je ne pouvais plus bouger désormais.

Elle avançait vers nous son cheval à la main, ils avaient le même pas, elle et lui, ils étaient beaux à voir.

— Alors il a été mignon aujourd'hui ? dit l'homme à Lucie.

— Merveilleux, il me semble que son pied va mieux, mais je préférerais que le vétérinaire le voie.

— Comme tu veux, c'est toi le chef.

C'est à ce moment qu'elle se tourne vers moi avec un sourire et qu'elle interroge des yeux celui qui paraît être son compagnon de vie.

— Oh oui, je te présente… En fait je ne sais pas, je ne connais pas votre nom, dit-il en me regardant un grand sourire aux lèvres.

— Sophie, dis-je en tendant ma main vers Lucie.

— Voilà ! rétorque l'homme. Moi, c'est Georges, et il me tend la main à son tour.

Lucie le regarde perplexe.

— Bon, je file téléphoner au vétérinaire, dit-il.

— Oui, merci mon homme, dit-elle.

Lucie me plaît déjà par sa manière d'être, elle ne sait pas encore qui je suis et je dois m'attendre à voir son sourire lumineux s'assombrir dès qu'elle aura compris qui se trouve en face d'elle. Je n'ai aucune idée de comment me présenter, je ne devrais pas trop laisser de temps avant de le faire, autant que les choses soient claires rapidement.

— Alors, vous aimez les chevaux ? me demande-t-elle.

— Beaucoup, je n'ai toutefois jamais eu l'occasion de monter et je le regrette.

— Il n'est jamais trop tard.

— Sans doute. En fait, je suis venue jusqu'ici pour vous voir.

— Me voir ? Eh bien, c'est chose faite, me répondit-elle toujours souriante.

Je suis de plus en plus mal à l'aise.

— Je suis Sophie, la fille de Francelyne et de François.

— Ah… Sophie… j'aurais dû y penser en voyant la couleur de vos cheveux.

Elle semble presque choquée d'un coup, son beau sourire s'est effacé, comme je le présumais. Elle baisse le regard et paraît embarrassée.

— Lucie, je ne suis pas là au nom de mes parents. D'ailleurs, ils ne savent rien de cette visite.

— Que veux-tu ?

— Parler… avec un membre de ma famille, faire connaissance…

— Tes parents ont dû te raconter tout ce qu'il y avait à dire sur moi, il n'y a rien à ajouter.

— Justement, je n'aime pas ce qu'ils disent à votre sujet et je ne comprends pas pourquoi je ne vous ai jamais rencontrée.

— Tes parents m'ont toujours écartée de leur vie, ils ont trouvé plus simple de faire comme ça. Aujourd'hui, je ne veux pas savoir ce qu'ils disent sur moi ou pensent, cela ne m'intéresse pas. Ils peuvent continuer si ça leur fait plaisir, cela ne m'empêche pas de dormir.

— Lucie, c'est la même chose pour moi, je suis en désaccord avec eux sur pas mal de points et celui-là me dérange de plus en plus.

— Pourquoi aujourd'hui ?

— Pour diverses raisons. La plus simple et banale, c'est que je suis dans le coin en ce moment.

— C'est une raison simple, effectivement.

— Mais surtout, parce que cela fait longtemps que je me demande pourquoi mes parents ont une si mauvaise opinion à votre sujet. Avant je m'en tenais là. Je me souviens avoir entendu mon père discuter avec un ami de vous d'une manière assez négative.

— Ce doit être la seule façon dont on parle de moi chez toi.

— Il est arrivé que votre nom soit cité aussi par rapport à la maison.

— Bien sûr, ils ne peuvent pas m'exclure totalement. Sophie, je ne suis pas sûre que ce soit une bonne idée d'être venue me voir…

— Je comprends que pour vous le temps a fait son travail et que vous vivez sans vous soucier de tout ça…

— Et c'est très bien comme ça. Tu sais, à remuer le passé souvent ça ne donne rien de bon.

— Je ne sais pas, cela permet de clarifier aussi certains points, dans mon cas, c'est important. Je me trouve à un tournant de ma vie, je me pose pas mal de questions existentielles, le pourquoi, le comment…

Lucie m'écoute sans m'interrompre, elle regarde tour à tour dans ma direction et celle de son cheval.

— Le passé à ne pas remuer comme vous dites est-il si horrible que cela ?

— Ça dépend. Pour eux sans doute, pour moi, c'est ma vie. Elle n'a pas toujours été très reluisante, mais je me suis rangée en quelque sorte de certains travers et je suis heureuse. Je pense aussi que tes parents ne vont pas vraiment être contents que je te parle.

— Tant pis pour eux ! Je suis largement en âge d'apprendre certaines vérités et également de connaître les membres de ma famille, je ne suis en guerre contre personne et je crois que je peux tout entendre.

Lucie se met à rire de cette dernière remarque, jusque-là je parlais d'une manière posée et réservée, mais là, sans le faire exprès, je me suis mise à parler plus vite en faisant de grands gestes vifs.

— Bien, comme tu veux. Mais j'ai un pacte à faire avec toi avant.

— Lequel ?

— Ne viens pas me reprocher mon passé après avoir écouté ce que je te dirai ou me rétorquer que je suis folle, que j'invente des histoires ou je ne sais quoi.

— C'est promis. Vous ne me semblez pas folle…

— Et avant d'aller plus loin, si tu es ma nièce comme tu l'avances et je le crois bien volontiers vu certaines ressemblances, je tiens à ce que tu me tutoies sans tarder.

— C'est d'accord… comme TU veux.

— Voilà, c'est mieux déjà. Je n'ai pas grand-chose à faire maintenant donc si ça te dit, je prépare du thé et nous allons au chaud à l'intérieur.

— Avec plaisir.

Je lui emboîte le pas tout en regardant les chevaux très occupés à brouter l'herbe verte et tendre.

Lucie entre dans la maison, après avoir ôté ses bottes qu'elle laisse près de la porte. Elle se retourne brièvement et me prie de garder mes chaussures.

— Ce n'est pas la peine pour toi, je retire les miennes parce qu'elles sont toutes crottées.

Je vérifie en vitesse mes semelles, mais elles sont dépourvues de boue.

À l'intérieur de la maison, certains murs sont en pierre tout comme l'extérieur. La cheminée allumée donne une atmosphère chaleureuse et douce. Deux fauteuils confortables devant l'âtre avec un plaid sur l'un d'eux, une table basse où se trouvent un livre et une paire de lunettes. Je peux imaginer le plaisir de passer les soirées d'hiver les pieds sur le rebord de la cheminée avec un bon bouquin, grâce à Aurélie d'ailleurs.

Lucie m'invite à entrer franchement, elle me regarde prendre connaissance des lieux et m'explique l'origine de cette bâtisse. Tout en me parlant, elle prend ma veste et l'accroche au porte-manteau qui se trouve au bas d'un escalier qui semble desservir les chambres.

— Cette maison est un ancien cabanon, la ferme qui était sur la propriété à l'origine a été détruite, car trop vieille, nous l'avons remplacée par le petit bâtiment qui nous sert d'écurie pour les chevaux. Quand je me suis installée ici, j'ai dû faire de gros aménagements pour rendre cette maisonnette habitable.

— J'imagine. C'est bien d'avoir laissé certains murs avec les pierres apparentes à l'intérieur.

— C'est ce que je voulais, je tenais à conserver l'authenticité du bâti, me dit-elle.

— Cette propriété appartenait à la famille ?

— À un oncle du côté de mon père, il me l'a légué dans son testament.

— Je trouve que c'est bien d'avoir gardé ce bien, réponds-je. Mes parents ont vendu la ferme familiale il me semble après leur mariage, c'est bien ça ?

— Ils ont préféré faire comme ça.

Je sens que Lucie n'a pas envie de s'étendre sur ce sujet, peut-être n'avait-elle pas apprécié cette vente, ce que je comprends déjà fort bien. C'est dommage d'une manière générale de se séparer des biens de la famille, d'autant plus qu'ils ont racheté une maison dans la région. Enfin j'en saurai peut-être plus avec Lucie, mais plus tard.

Dans ce laps de temps où je me perds dans mes réflexions, je regarde autour de moi, cette maison n'est pas très grande, dans le fond de cette pièce principale se trouve une autre pièce et on peut entendre la voix de Georges qui parle au téléphone, au premier abord avec le vétérinaire. Lucie tend l'oreille me laissant tout le loisir de m'imprégner des lieux et de laisser aller mes pensées vagabondes.

10

Lucie attrape une bouilloire et après l'avoir remplie, la pose sur la cuisinière. Ces simples gestes semblent venir d'un autre temps. Qui utilise encore ce genre d'accessoire pour faire chauffer de l'eau ? Sans doute devant mon regard curieux elle m'explique qu'elle a opté pour l'énergie solaire pour fabriquer de l'électricité dans la maison et du coup, elle limite tous les appareils énergivores.

Cette remarque me plaît, cette manière de vivre est en harmonie avec la nature environnante. Je vais de bonnes surprises en bonnes surprises, tout ici respire le bien-être et le bonheur d'une vie simple et pour l'instant, je ne vois aucun élément négatif à son sujet.

Je suis heureuse d'être là. Comment mes parents ont-ils pu juger Lucie comme ils le faisaient ?

Ma curiosité augmente et je suis impatiente de connaître ce que Lucie va me dire. Toutefois, la présence de Georges me dérange, non pas que je le trouve antipathique, au contraire, mais je me doute qu'il va arriver d'un moment à l'autre. Je ne sais pas comment me positionner dans ma future discussion avec Lucie et lui. Je suis toujours dans l'ignorance de ce qu'elle va me révéler et il y aura peut-être certaines choses plus ou moins gênantes.

Je dois me faire une raison, si Georges prend part à notre conversation, je devrais faire avec.

Je jauge l'espace en attendant que l'ambiance s'installe. La cuisine est ouverte, ce qui en fait une grande pièce à vivre. Une table de ferme en bois brut entre le plan de travail et le coin cheminée. Des éclairages indirects par des lampes posées sur pieds amplifient cette ambiance chaleureuse.

Lucie s'approche de l'âtre, décale une desserte pour la mettre entre les fauteuils où elle dépose un plateau avec des tasses fumantes de thé et une assiette remplie de biscuits. Elle me prie de m'installer. C'est juste quand nous sommes confortablement assises que Georges apparaît. Il ne paraît pas interrogatif quant à ma présence dans la maison.

J'ai l'impression d'être dans un autre monde, en tous les cas, pas celui dans lequel mes parents ont l'habitude d'évoluer, c'est bien de voir des gens vivre simplement, avec des échanges faciles, sans chercher à dire les bons mots dans les situations adéquates. C'est agréable d'être juste ici.

Georges regarde Lucie puis se tourne vers moi avec un sourire franc et honnête.

— Il est incroyable ce vétérinaire, annonce-t-il d'une manière taquine.

— Et pourquoi cette fois ? questionne Lucie.

— Bon, il va venir voir Ginkko dans la semaine…

Georges semble attendre on ne sait quoi, il est dans le vide et me scrute plus intensément maintenant, peut-être vient-il de vraiment prendre conscience de ma présence et se demande pourquoi je suis installée avec Lucie à prendre le thé.

— Et ? interroge Lucie en se penchant vers Georges pour attirer son attention à elle.

— Eh bien… il veut que je répare son pick-up en échange de ce service.

— Tu dois y aller quand ?

— Tout de suite en fait.

— Super. À tout à l'heure alors ? répond Lucie le plus simplement du monde avec une pointe de plaisanterie dans la voix.

— C'est ça, à tout à l'heure.

Georges me regarde à nouveau avec un franc sourire et avance un pas vers moi.

— Je suis heureux de vous avoir rencontrée, relève-t-il en me tendant sa poignée de main.

— Moi aussi.

Devant l'air tout de même un peu interrogatif de Georges, Lucie lui lance sur un ton très doux qu'il reverra sans doute Sophie une prochaine fois.

Cette remarque est doublement appréciée. D'une part par Georges qui pensait avoir loupé quelque chose en quittant les lieux si brusquement et d'autre part par moi-même qui entend dans cette observation le désir de ma tante de me revoir avant même d'avoir commencé notre échange.

Georges dépose un baiser sur le front de Lucie qui n'a pas bougé de son fauteuil tout comme moi d'ailleurs, elle semble attendre maintenant le départ imminent de Georges avant d'entamer la moindre discussion.

***

La porte se referme derrière lui emportant le son de sa voix et le mouvement de l'air glacial.

Je tourne la tête en direction du feu, Lucie semble hypnotisée par la danse des flammes qui lèchent les bûches. Le silence envahit la pièce, hormis le crépitement du foyer, une légère gêne s'installe, je ne suis pas très à l'aise. J'ai même l'impression de m'entendre boire mon thé. J'attends que Lucie se manifeste, peut-être est-elle en train de changer d'avis sur une éventuelle discussion...

Au bout de plusieurs minutes et toujours dans le silence, Lucie pose sa tasse et se tourne légèrement vers moi.

— Je crois que je vais entamer notre conversation sinon on n'y arrivera pas, avoue-t-elle sans brutalité et avec simplicité.

Elle se tourne franchement vers moi maintenant et me sourit. J'en fais autant, un peu rassurée.

— Il va effectivement falloir se lancer, lui réponds-je.

— Par quoi commencer ? demande Lucie.

— Peut-être par le début ?

— Ça risque d'être long.

— J'ai du temps devant moi.

— Je dois avant tout te faire un petit topo de ma famille à l'époque de mon enfance. Tu dois savoir que mes parents – tes grands-parents – étaient des éleveurs.

— Bien sûr, mon père m'a raconté des parties de sa vie passée à la ferme. Il n'aimait pas vraiment cette vie si j'ai tout compris, l'odeur des vaches l'indisposait et il ne supportait pas d'avoir des chaussures crottées, m'a-t-il révélé à plusieurs reprises.

— C'est vrai, s'esclaffe Lucie. Il avait horreur de ça et il trouvait toujours de bonnes excuses pour ne pas venir aider à l'étable. D'ailleurs, il n'en avait pas souvent besoin, car ma mère le protégeait et le dispensait de ces tâches.

— Comment ça ? Tu veux dire qu'il était en quelque sorte son chouchou ?

— On peut dire ça comme ça.

— Ce n'est pas très juste !

— Peut-être, mais cela ne me dérangeait pas, je préférais être dehors, l'odeur de l'étable ne me gênait pas et que mes chaussures soient crottées non plus. Mon père était sous l'emprise de ma mère, il n'avait pas vraiment le droit de dire quoi que ce soit, je pense qu'il se sentait chanceux d'avoir pu séduire une femme de bonne famille et jolie dans son jeune âge. Elle avait la mainmise sur la gestion de la ferme, lui faisait son travail de fermier de sorte que sa famille ne manque de rien. Par chance nos vaches, des « Normandes », étaient les plus productrices de la plaine et notre fromage avait un label de haute qualité, ce qui nous mettait à l'abri d'un quelconque besoin d'argent.

— Effectivement, je ne connais pas les détails de la vie de mes grands-parents, mon père n'en parle quasiment jamais.

— Je ne suis pas surprise. Il était plongé dans ses bouquins de droit du matin au soir. Lorsque nous étions enfants, il m'avait dit qu'il ne risquerait pas de reprendre l'exploitation, la bouse de vache ce n'était pas son truc.

Cette remarque me fait sourire, en effet, je ne l'imaginais vraiment pas les pieds dans la bouse de vache. Lucie nous ressert une tasse de thé et continue son récit.

— Ma mère était sévère, très sévère, elle était toujours derrière moi, elle me traitait de bohémienne, disait que je ne ferais jamais rien de ma vie, qu'au moins mon frère apprenait un vrai métier, lui !

— Je vois que tu n'as pas été très valorisée par ta mère toi non plus.

— Nos caractères n'étaient pas compatibles, l'adolescence

arrivant, j'étais de plus en plus rebelle et nos engueulades ne favorisaient pas un retour au calme.

— J'aurais peut-être dû être un peu plus rebelle moi finalement, dis-je dans un sourire, je pensais à Justine qui était dans cette fibre là en ce moment.

— De mon côté, je l'étais trop, je crois.

Lucie semblait soucieuse ou quelque peu embêtée, mais elle reprit sans attendre mes remarques.

— Mon père se désespérait de l'attitude que ma mère avait avec moi, mais comme elle gouvernait parfaitement l'exploitation, il ne disait rien. Je ne lui en voulais pas d'ailleurs il faisait ce qu'il pouvait. Et puis lui, il s'occupait des bêtes, chez nous chacun avait son rôle et c'est la femme et mère de famille qui gérait les tâches domestiques, je faisais partie de celles-là.

— C'est un raisonnement simpliste quand même !

— Plutôt que de l'entendre ou de la voir s'énerver, je préférais être avec lui sur l'exploitation. J'adorais le contact avec les animaux et j'étais mieux dehors de toute façon.

— Je peux comprendre.

— Tout a changé l'année de mon bac. Au printemps, un festival s'était installé dans un village voisin, il y avait des spectacles de rue et des musiciens, c'était inespéré ici. J'avais dormi chez une amie pour être plus proche du festival lors du week-end. Mon père m'avait donné un peu d'argent de poche pour l'occasion et ma mère n'avait pas émis de réprobation.

— Elle ne s'y était pas opposée ?

— Non, mais je savais qu'elle était contente de ne pas m'avoir dans ses jambes. Et puis elle se retrouvait avec mon frère dans la maison pour elle seule – ton père – qui lui était occupé à ses études, c'est ce qui l'importait.

— Je comprends. Tu as pu y aller alors ?

— Oui et c'était fabuleux ! J'étais avec mon amie Béatrice, ses parents étaient très sympathiques. Nous pouvions rentrer tard dans la nuit sans les réprimandes que j'avais l'habitude d'entendre de ma mère. Le vrai plaisir de la vie de jeunes filles que nous étions. Nous chantions, dansions et buvions de la bière. C'était génial.

Lucie fait une pause et boit une gorgée de thé, elle semble fouiller dans ses souvenirs afin de trouver les bons mots. Effectivement, ce premier récit montre qu'elle était plus délurée que moi, mais ça me plaît.

— Nous avons rencontré un groupe de jeunes gens qui voyageaient en fourgons, c'étaient des musiciens, entre autres, et ils faisaient partie du festival. Nous passions beaucoup de temps avec eux en fin de soirée. Ils n'avaient rien à voir avec la vie que je menais à la ferme bien sûr.

— C'est évident, mais j'imagine que cette petite liberté ne fut que de courte durée.

— Oui et non.

— Comment ça ?

— Après ces quelques jours de délivrance, comme tu dis, je suis rentrée à la ferme de mes parents. Le festival se terminait cinq jours plus tard. J'ai repris mes cours et mon travail avec mon père dans l'étable. Je lui ai parlé le surlendemain en lui exprimant mon désir de partir, je voulais faire quelque chose de ma vie. Il semblait inquiet, mais il m'aimait et je crois qu'il acceptait tout de moi. Dès la nuit de la clôture du festival, je filais avec le groupe de musiciens et vers ce qui allait être ma nouvelle vie.

Je souris intérieurement et je sens que cela doit se voir sur mon visage vu le regard de Lucie, elle a l'air de me questionner d'un hochement de tête.

— La vie chez les miens de parents, c'est tout le contraire d'un festival de musique.

Lucie se met à rire et j'en fais autant.

— Je te comprends, Lucie, si tu savais. Par contre, ta mère n'a pas dû expliquer ce départ soudain.

— Non, mais je crois qu'elle ne connaissait rien de moi de toute façon.

— C'est pour cette raison que mes parents ne te portent pas dans leur cœur ?

— Un mélange de tout ça sans doute. D'un côté, cette vie de saltimbanque n'a pas été très valorisante pour ma famille. J'étais une enfant difficile, une adolescente encore plus difficile, je n'étais pas dans les normes. Ici, dans ces régions retirées, ne vivent que des gens de familles simples, qui travaillent et qui font grandir leurs enfants, on ne virevolte pas, cela ne se fait pas.

— J'admets sans problème ce que tu dis.

J'écoute ma tante avec beaucoup d'intérêt, le mot « virevolter » me plaît beaucoup. Je souris à l'intérieur de moi, car je commence en plus à comprendre ce que je suis venue chercher ici, à entrevoir un début d'explication au revirement que je ressens en moi, avec cet animal sauvage qui a l'air de prendre de plus en plus de place, ouvrant la porte de sortie au personnage introverti que j'étais jusque-là, et ces rêves qui sont loin d'être conventionnels ne viendraient-ils pas de cette partie de ma famille un peu exubérante et difficile ?

— Je continue ? me demande Lucie qui me sent distraite.

— Bien sûr, continue.

— J'ai passé, je crois, mes plus belles années dans cette communauté, il y avait pas mal de monde, j'étais dans les plus jeunes du groupe et on vivait un peu partout.

— Comment ça un peu partout ?

— En fait, nous étions de vrais nomades, beaucoup faisaient de la musique, des numéros de cirque et jouaient dans des festivals.

— Je vois. Y avait-il une autre bonne raison pour que tu sois partie définitivement ?

— Je m'étais amourachée de l'un d'entre eux, il s'appelait Tony, il était grand et très mince, les cheveux longs, très soixante-huitard. Il m'a plu tout de suite.

— Vous vous étiez rencontrés sur le festival ?

— Absolument et on ne se quittait plus, il faisait partie de ce groupe de musiciens que j'avais côtoyés avec Béatrice, lui faisait des tours de jonglerie et s'était posé devant moi pour son numéro, tout en jonglant il me regardait intensément, c'est à ce moment précis que je suis tombée amoureuse de lui.

— Mais comment as-tu fait pour fuguer ? Tu avais fait un plan ?

— Le jour où j'avais parlé à mon père, je voulais revoir Tony. Ma mère refusait que je sorte le soir, je tenais à respecter la demande de mon père de ne pas faire de vague cette fois-là.

— Ça n’a pas dû être facile ?

— J’ai attendu que la maisonnée dorme et je suis sortie tout simplement par la porte, j’avais caché la clé pour pouvoir revenir dans la nuit. Malheureusement, ma mère m’a entendue rentrer, j’avais bu un peu trop de bière et je n’étais plus très fraîche.

— Je vois, dis-je en riant.

— Le lendemain, toute la troupe quittait la région. Ils devaient s'en aller au lever du jour et je risquais de ne plus jamais le revoir si je ne les rejoignais pas avant. Tony m’avait simplement dit de partir avec eux, j’étais excitée de ce projet et j’en avais fait une idée fixe.

— J’ai hâte d’entendre la suite.

— N’aie pas trop hâte tout de même, rétorque-t-elle.

— Peu importe ce que tu vas me dire, il est temps que je sache.

— J’ai quitté la maison cette nuit-là, j’avais préparé un mot que j’ai laissé sur la table de la cuisine, j'avais noté de ne pas s’inquiéter pour moi et que j’avais besoin de vivre ma vie. Ma mère avait verrouillé la porte et caché la clé. J’ai dû improviser et je suis passée par la fenêtre de ma chambre, il y avait un arbre pas trop loin et j’ai pu m’y agripper et descendre sans trop de mal. Heureusement que ma chambre donnait de l’autre côté de la maison, personne ne m’a entendue.

— Et ensuite ?

— Ensuite, c’est une histoire facile, j’ai vécu avec tous ces gens plus de trois ans, j’ai changé littéralement de vie, je faisais ce qui me plaisait et quand je le voulais, j'avais l'impression de vivre enfin.

— J'ai comme la sensation que l'histoire ne s'arrête pas là, je me trompe ?

— Non, tu ne te trompes pas.

— J'ai reçu un jour un mot de mon frère en poste restante où il m'annonçait que notre père était en toute fin de vie.

— Il avait tes coordonnées ?

— Je lui avais écrit à la fac de droit et lui avais donné une adresse en poste restante, on y passait de temps en temps et j'étais sûre que personne ne me chercherait surtout s'ils ne savaient pas où je me trouvais, et puis je tenais tout de même à rassurer ma famille, il n'était pas nécessaire qu'ils s'inquiètent pour rien. Ils avaient fini par expliquer au voisinage que j'avais eu l'opportunité d'aller étudier loin de la maison, pour sauver les apparences.

— Je vois. Et donc tu es rentrée à ce moment-là ?

— Effectivement, mais je ne suis pas rentrée seule.

— Tu es venue avec Tony ?

— Non pas Tony.

— Un bébé ?

— Non, pas de bébé, a répondu Lucie qui semblait embarrassée par la question. Je suis rentrée avec une copine, enfin une connaissance plutôt.

— Elle faisait partie du groupe avec qui tu vivais ?

— En fait, j'avais fait sa rencontre ailleurs.

J'écoute de plus en plus attentive, l'histoire de Lucie paraissant se compliquer.

— Lorsque je l'ai rencontrée, j'avais quitté le groupe.

— Avec Tony ?

— Euh… non. J'en avais marre de vivre cette vie, Tony était gentil, mais ce n'était pas la personne avec qui j'allais m'épanouir, lui voulait rester dans cette vie et moi, j'avais besoin de passer à autre chose.

— Je comprends.

— Là n'est pas le sujet. Peu de temps après cette rupture j'ai quitté le groupe, je voulais gagner ma vie, ce qui était un projet honorable. Je me trouvais à Nice à ce moment-là et j'ai décidé d'y poser mes valises. Je suis entrée dans un foyer d'accueil mère-enfant, je m'étais découvert une âme de sauveuse, je crois.

— Et cette fille alors ?

— J'y viens.

— Elle travaillait dans ce centre d'accueil comme infirmière lorsque j'y suis entrée. Elle m'avait aidée dès mon arrivée pour me repérer dans ce monde que je ne connaissais pas.

— Et vous êtes devenues naturellement de bonnes amies ?

— Pas vraiment, on ne l'a jamais été en vérité. Nous parlions peut-être plus ensemble qu'avec les autres, elle restait assez distante. Elle avait juste évoqué son enfance difficile.

— Comme toi en fin de compte ?

— Pas dans le même registre, mais là n'est pas le sujet encore. Je me souviens qu'il y avait un enfant d'environ deux ans dans ce centre, sans sa mère. Je n'ai jamais vraiment su pourquoi il n'y avait pas de mère à ses côtés.

— Pas de père non plus ?

— Si, mais à l'extérieur du foyer, il lui rendait visite dès que possible.

— Je ne vois pas où tu veux en venir…

— En fait, cette fille a changé complètement d'humeur lorsque l'enfant a quitté le foyer. Son père étant venu le récupérer pendant son jour de repos.

— Bizarre…

— C'est ce que je me suis dit. Elle était totalement révoltée. Le service gardait les informations secrètes sur la destination des pensionnaires, mais elle réclamait celles concernant l'enfant.

— Avait-elle un lien particulier avec lui, ou le père ?

— J'ai voulu en savoir plus pour comprendre et pour l'aider. J'ai commencé à lui parler, en révélant même une partie de mon passé, je me disais que si je me dévoilais elle en ferait autant.

— C'est ce qu'elle a fait ?

— Non pas du tout, elle est restée murée.

— Si je comprends ton histoire, c'est cette fille que tu as ramenée avec toi ?

— C'est elle. On a dû quitter le foyer une semaine plus tard environ.

— Vous avez dû démissionner, j'imagine ?

— Absolument, les membres du service commençaient à trouver qu'elle était de trop de toute façon.

— Je le conçois.

— Mais avant ça, il y avait une femme médecin qui rendait visite aux pensionnaires, elle l'avait connue pendant qu'elle avait fait son stage à l'hôpital. Lors d'une ultime visite, elles ont eu une conversation assez houleuse, j'en ai profité pour intercepter le médecin pour en savoir plus avant qu'elle ne quitte le foyer.

— Elle a pu t'en dire plus ?

— Pas vraiment en fait. Elle m'a confirmé qu'elle la connaissait de l'hôpital où elle exerçait, mais comme patiente et non comme stagiaire.

— Ah bon ? Elle avait menti sur ce point ?

— Oui et non. Elle avait été stagiaire, mais dans un autre service, et ensuite, patiente en obstétrique, je suppose qu'elle n'a pas voulu m'en parler, honteuse de cet épisode.

— On peut comprendre, bien que ça arrive tous les jours maintenant de vivre des soucis sur ce plan-là.

— En effet, mais je n'ai jamais eu de détail concernant cette hospitalisation.

— Et toi dans tout ça ? Qu'a été ton rôle ?

— Je crois que j'étais la seule à avoir un peu de compassion. Plus elle se refermait et se mettait tout le monde à dos, plus je tentais de lui parler. N'arrivant à rien et voyant que la situation se dégradait, je lui ai proposé de partir avec moi.

— Elle a donc accepté de t'accompagner ?

— Oui, ça l'éloignait de tout ce qu'elle vivait, et ça lui ferait du bien. Ensuite, elle verrait ce qu'elle ferait, peut-être repartirait-elle avec moi.

— Ils vous ont accueillies toutes les deux sans problème ?

— Ils étaient dans la peine, toutefois, j'ai vite vu que ma mère n'était pas enchantée de me savoir à la maison, mais j'étais rentrée pour voir une dernière fois mon père vivant. J'ai installé la copine dans ma chambre en attendant d'expliquer la situation et finalement ils l'ont reçue correctement.

— Je me demande où va arriver cette histoire...?

— J'y viens, j'y viens…

— La santé de mon père n'a pas pu le maintenir en vie plus de dix jours. Dans les deux semaines, il était mort et enterré. Lorsque les obsèques furent terminées, j'ai annoncé sans tarder que je repartais à Nice où je vivais jusque-là. Ma mère n'a émis aucun avis ni désir à cette idée, mais contre toute attente, elle m'a demandé si ma copine pouvait rester à la ferme. C'est vrai qu'elle s'était vite intégrée à la famille et avait su épauler ma mère dans la douleur qu'elle traversait à ce moment-là, de plus, elle aidait dans la maison ce qui était normal ne serait-ce que pour les remercier de l'avoir reçue.

— Et c'est ce qu'il s'est passé ?

— Oui, elle a tout de suite été d'accord pour rester, elle donnerait ainsi un coup de main à la propriété et le travail ne manquait pas : avec mon père en moins, ma mère avait grandement besoin d'aide. Et puis son retour dans le foyer à Nice risquait d'être compromis.

— Bon, mais c'est tout gentil tout ça !

— Oui, tout gentil…

— Il y a une suite ?

— La suite c'est que je suis repartie seule à Nice, je n'ai pas pu reprendre ma place au sein du foyer. J'ai cherché mes anciens amis de la communauté et je les ai suivis quelque temps en Italie. Je n'avais plus de travail et je ne savais pas trop quoi faire de toute façon. Du coup, je ne passais presque pas à la poste restante pour récupérer mon courrier. Ma mère est décédée pendant cette période.

— Oh mon Dieu !

— Bien que je n'aie pas été aussi proche d'elle que de mon père, j'ai été peinée d'apprendre sa mort, je la croyais plus forte et finalement, elle était partie peu de temps après lui.

— Tu es revenue ensuite ?

— Il fallait que cesse cette vie. Mais ici tout était différent, les parents bien sûr n'étaient plus là et à la place, mon frère et la copine que j'avais ramenée quelques années plus tôt.

C'est à ce moment précis que je comprends qui est la copine en question, la vérité me claque en plein visage.

— La copine… c'est ma mère ?

— Bingo !

Je suis décontenancée, j'ai l'impression de prendre une douche froide. Je me laisse tomber d'un coup sur le dossier du fauteuil. Jusque-là l'histoire de Lucie était peu singulière même si je sentais qu'elle ne me racontait pas tous les détails de sa vie, j'avais hâte d'entendre la suite qui me semblait avoir un autre intérêt. Je me tenais près d'elle ne voulant pas en perdre une miette, mais à cet instant précis, je prends toute la mesure de cette révélation. Ma mère, pleine de bonnes manières, a eu un passé qui s'avère être à l'opposé des airs mondains qu'elle affiche. Et qu'avait-elle eu pour être hospitalisée en obstétrique ?

Après un long moment, le temps de reprendre mes esprits, je me rends compte que c'est la colère qui monte en moi.

— Je ne comprends pas ! Commenté-je.

— Il n'y a rien à comprendre.

— Mais c'est insensé ! Pourquoi est-elle devenue ce qu'elle est aujourd'hui ? Elle était ton amie, non ?

— On ne peut pas dire que nous étions des amies en fait, lorsqu'elle s'est retranchée dans son mutisme et qu'elle a commencé à avoir ses soucis, c'est naturellement que je lui ai proposé de me suivre ici, ce qu'elle a fait.

— Oui, mais je ne me trompe pas en avançant que tu l'as un peu sauvée de la situation dans laquelle elle s'était mise, non ?

— Je n'en sais trop rien, peut-être oui.

— Tu es trop modeste, Lucie !

— Tout ça fait partie du passé maintenant, et je ne me préoccupe que de ma vie aujourd'hui.

— Je ne saisis toujours pas pourquoi ils t'ont rejetée à ce point quand tu es réapparue.

— Je ne veux pas le savoir. Lorsque j'ai vu qu'elle était encore là, j'ai pensé que nous pourrions être de vraies amies, je n'avais plus personne ici. J'ai vite compris que ça ne serait jamais le cas, comme je te l'ai dit, ça fait partie du passé.

— Tu as dû être très déçue quand même.

— Très, et de mon frère qui bizarrement m'a rejetée lui aussi. Maintenant, je me fiche complètement de ce qui se dit ou se vit, cela ne m'intéresse pas et je t'avoue que je ne m'en porte que mieux.

— Je veux bien le croire. Mon Dieu ! lancé-je en regardant ma montre, il faut que je file, j'ai promis à Clara d'arriver avant la fin de son stage pour la voir à l'œuvre sur son poney.

Je me lève en vitesse, attrape ma veste et me dirige vers la porte de sortie.

— Sophie ? m'interpelle Lucie.

— Oui ?

— Je préférerais que cette discussion reste entre nous… enfin si tu veux bien. J'ai eu assez de mal avec tes parents à mon retour et je t'avoue que je n'ai pas très envie aujourd'hui de devoir me justifier de quoi que ce soit.

— Lucie, je respecterai ton choix même si j'adorerais mettre les pieds dans le plat. Cela ne leur ferait pas trop de mal, ils n'ont pas été très justes avec toi.

— On en reparlera, et je voudrais en discuter avec Georges avant que ça n'aille trop loin.

— Bien sûr, ne t'inquiète pas. Je ne vais pas me précipiter de toute façon, il faut que je digère un peu avant.

— Quand peut-on se revoir ?

— Je repars demain…

— Déjà ?

— Je suis surtout venue récupérer mes filles qui ont passé toutes leurs vacances chez leurs grands-parents.

Je sens Lucie songeuse. Je me retourne vers elle.

— Lucie, je vais essayer de revenir avant de quitter la maison de chez mes parents. Je vais faire tout mon possible pour ça, mais de toute façon, on va se revoir. Je suis trop heureuse d'avoir une tante maintenant.

Lucie sourit et son visage s'éclaire à ces mots.

Je l'embrasse sur les joues et elle me serre dans ses bras. Je sens qu'elle est heureuse de m'avoir dans sa vie elle aussi. Il y a beaucoup d'émotions à cet instant. Je ne peux plus m'attarder de peur d'arriver vraiment tard au centre équestre. Je file en toute hâte vers ma voiture de location. Je sens le regard de Lucie dans mon dos, j'espère qu'elle ne m'en veut pas trop de l'avoir obligée à faire ressortir les histoires de son passé et qu'elle va continuer sa vie comme elle la menait avant que je ne débarque avec toutes mes questions.

Je me demande si je ne l'ai pas un peu chamboulée, elle était tranquille avant mon arrivée.

Tout en roulant vers le centre hippique je me remémore ce que Lucie vient de me raconter. En gros, je sais maintenant que ma mère est arrivée dans le Cantal avec Lucie, qu'elle a travaillé avec elle dans ce foyer mère-enfant, qu'elle s'est murée à la suite du départ précipité d'un enfant parti avec son père et qu'elle a été hospitalisée dans un service obstétrique à l'hôpital où auparavant elle avait fait un stage.

Il semble y avoir trois histoires distinctes dans son récit. Que sait mon père dans tout ça ? Il doit bien sûr connaître les circonstances de son arrivée à la ferme, il ne peut pas le nier ! Pourquoi me le cacher ? Et pour quelles raisons avoir exclu Lucie de la famille ? Est-ce seulement par souci de préserver son rang que ma mère n'a pas voulu révéler son passé ? Cela ne m'étonnerait pas, elle y est tellement attachée. Combien de fois l'ai-je entendue me répéter qu'elle aurait dû avoir la vie dorée que j'ai, que ses parents étaient de riches aristocrates et que s'ils n'étaient pas morts lorsqu'elle était enfant, son oncle et son horrible femme ne l'auraient pas récupérée et n'auraient pas dilapidé sa fortune personnelle.

11

Je roule vers le centre équestre où Clara fait son stage, je n'aurai pas beaucoup d'avance, mais je pourrai quand même la voir sur son poney. En moins de quinze minutes, j'y serai.

Le parking est plein, mais avec ma petite voiture je trouve à me glisser entre un gros pick-up et le bord de la barrière, je me dépêche de descendre et me faufile entre les gens. Clara est visible de loin avec son gilet matelassé jaune poussin, c'est une chance cette couleur, ça a le mérite de m'éviter de passer trop de temps à la chercher parmi toutes ces fillettes coiffées de la même bombe. Je m'avance très vite sans vouloir paraître trop pressée quand même. Mon pas reste normal, mais soutenu.

Clara est très fière sur son animal et je suis fière à mon tour d'être sa maman.

D'autres parents sont là à regarder leur progéniture. Je suis parachutée dans un monde très différent, entre ce que je viens de vivre et ma vie parisienne, je souris et me sens bien, cet endroit est merveilleux, en plein milieu de la nature, quelle chance. Clara m'a remarquée maintenant et me fait signe de loin, je lui renvoie son geste.

Tout en la regardant faire ses exercices, je repense à ma rencontre avec Lucie, cette tante jusqu'à présent inconnue et qui se révèle être un personnage agréable, je m'en doutais un peu avant de me présenter à elle sans en connaître la raison, je l'aime déjà. Je suis consciente de n'avoir eu qu'une partie de sa vie passée. Il doit y avoir autre chose et je veux revoir Lucie rapidement parce que tout ça ne tient pas trop la route, c'est trop gros ou pas assez pour exclure Lucie de la famille.

Je pense aux filles qui aimeront Lucie aussi, mais je ne sais pas quand elles pourront se croiser, c'est prématuré. Pour l'instant, il faut déjà que je m'y retrouve un peu. Clara, c'est évident, sera ravie de connaître les chevaux de Lucie. Je souris à cette idée. Ma famille s'agrandit d'un seul coup et cela me plaît beaucoup.

En revanche, je ne sais pas comment je vais réagir en arrivant à la maison, je vais faire en fonction de ce que je vis, la présence des filles m'aide beaucoup et je suis contente qu'elles soient là avec moi.

***

Il est plus de dix-huit heures lorsque nous arrivons à la maison, Amandine est dans son bain, Germaine est avec elle.

Clara enlève ses bottes de cheval qu'elle laisse sous le porche avant d'entrer, j'entends qu'elle croise sa grand-mère, car elle lui lance en passant qu'elle pue le cheval. Elle aurait pu s'y prendre autrement, et juste lui demander si elle a passé un bon moment, non ?

— Eh bien, tu es partie tout l'après-midi toi aussi ? me questionne-t-elle un peu énervée.

— Effectivement.

— Paul a téléphoné deux fois, tu devrais le rappeler.

— C'est ce que je ferai.

— Et ta fille est dans son bain, Germaine s'en occupe, mais comme tu n'étais pas là, elle a dû être avec elle tout le temps.

Elle m'énerve déjà. La voilà dans son rôle préféré de grande dame ! Je change d'humeur soudain, je sens la colère monter en moi et je me dis que les derniers moments ensemble risquent d'être un peu compliqués. J'opte pour tourner les talons et filer voir Amandine.

J'arrive dans la salle de bains, Germaine est en train de la savonner.

— Bonsoir, Germaine, je suis désolée de rentrer si tard, m'excusé-je en embrassant Amandine qui me tend ses bras mouillés pleins de mousse.

— Tout va bien, ma caille, me dit-elle, c'est un plaisir d'être avec ta petite, elle est trop mignonne.

— Merci, Germaine, mais je vais peut-être m'en occuper maintenant que je suis là, tu as sans doute autre chose à faire ?

— Mais non voyons, prends le temps d'arriver, on a quasiment fini en plus.

— Oui, oui, vas-y maman, et puis Germaine elle me tire pas les cheveux comme toi en me coiffant…

Je fais une moue de désapprobation et Germaine me sourit avec toute la douceur d'une vraie grand-mère.

— OK, OK puisque tout le monde est contre moi, réponds-je ironiquement. Je vais en profiter pour rappeler Paul.

— Oui va, ma caille, on se retrouve en bas.

Je file dans le bureau de mon père pour téléphoner à Paul, ça va me permettre de rester encore un peu loin de mes parents. J'entends Clara qui parle avec sa grand-mère de son après-midi au centre équestre.

La conversation avec Paul est fluide, il raconte des banalités de skieurs, la neige, le monde. Justine a retrouvé presque l'ensemble de ses amis habituels et, bien sûr, il se plaint de ne pas trop la voir, il lui impose tout de même un minimum de présence avec lui. De son côté, il n'est pas en reste, il est avec nos amis les Bonnel et les Langlet. Je prends des nouvelles de Véronique que j'apprécie et je lui souhaite une belle fin de séjour. La conversation retombe vite en fait et nous n'avons pas grand-chose à nous dire finalement. Clara est arrivée dans le bureau juste à la fin de mon échange et discute avec son père maintenant. Elle est très joviale et raconte ses exploits à dos de poney, elle évoque aussi la réflexion de sa grand-mère et je sais déjà qu'elle se fait un peu réprimander par Paul qui est toujours en train de trouver des excuses à ses beaux-parents. Je me dis que de ce côté-là, ça ne va pas être simple non plus.

Ce n'est pas le sujet du jour et je ne lui parlerai de rien, en tous les cas, pas tout de suite. Je reprends le téléphone et termine la communication avec des précisions sur les horaires du retour. Finalement, c'est lui qui arrivera en premier à la maison.

Ma mère entre dans le bureau, habillée de son manteau en peau de bête, encore un truc que je ne supporte pas, cette idée de voir de si beaux animaux morts pour être portés en veste ! Beurk, me dis-je, mon dégoût doit se lire sur mon visage.

— Qu'y a-t-il ? questionne ma mère.

— Ton manteau ! Tu ne l'as pas jeté ?

— Pfff, lance-t-elle en levant les yeux, avec le prix que ça coûte je ne risque pas !

— Bon passons, tu sors, semble-t-il ?

— Nous allons dîner chez des amis, je t'en ai parlé hier soir.

— Ah oui ! J'avais oublié.

— J'ai remarqué. Je pensais que tu serais là cet après-midi pour t'occuper de ta fille pendant que Germaine serait à la cuisine.

— Amandine n'a pas besoin qu'on lui tienne la main, elle a sept ans, ce n'est plus un bébé.

— Mais tu es bien désagréable ce soir, tu t'es disputée avec ton mari ?

— Non tout va bien, je suis désolée, je ne voulais pas être déplaisante.

Je me mords presque la langue, j'ai envie de lui sauter dessus, de lui hurler ses quatre vérités, de ficher le camp sur-le-champ en claquant la porte, mais je dois me contenir malgré mes pensées assassines, je ne veux pas laisser paraître mon aversion et je suis déjà allée trop loin.

— On en reparlera si tu veux bien, on doit partir, rétorque-t-elle.

— Bien sûr, passez une bonne soirée, réponds-je avec empressement espérant qu'on ne reviendrait pas sur le sujet.

Je file à la cuisine donner un coup de main à Germaine. C'est une femme ronde, une vraie nounou en chef, je l'ai toujours connue et je l'adore.

— Germaine, je ne me souvenais plus que les parents sortaient et je suis d'autant plus désolée de ne pas être rentrée plus tôt pour m'occuper d'Amandine.

— Mais ce n'est pas grave ma caille, elle m'a aidée à faire la pizza, j'ai fait la pâte et elle a mis la garniture toute seule, elle est douée, c'est une championne de pizza !

— C'est vrai, réplique Amandine qui arrive dans la cuisine.

— On n'est que toutes les quatre ? demande Clara arrivant à son tour.

— Oui, réponds-je avec Amandine en chœur.

— Chouette, rétorque Clara.

Interloquée par cette spontanéité, je me tourne vers Germaine pour voir sa réaction, son visage se modifie un peu et je vois dans ses yeux un peu de malice, elle croise mon regard et nous nous mettons à rire suivies des filles.

12

Installées sur le canapé, nous sommes à moitié allongées et enroulées dans des couvertures. L'âtre de la cheminée est encore chargé de grosses braises, les grandes flammes qui léchaient les bûches ont disparu, mais la chaleur est présente. C'est la fin de notre film. Amandine dort depuis longtemps, je me dis que j'ai bien fait de l'envoyer mettre son pyjama avant de le lancer, j'étais certaine qu'elle allait s'endormir et je vais devoir la porter jusque dans son lit maintenant, et ça aussi je le savais.

Germaine est restée avec nous un moment, mais ses journées sont longues et même si elle riait de bon cœur avec nous devant ce Walt Disney, elle a préféré aller se coucher pas trop tard tout de même. Depuis nous mesurons nos rires pour ne pas la réveiller. Elle occupe une chambre voisine des pièces à vivre histoire qu'elle soit à la cuisine rapidement. J'en perds mon sourire, car c'est une remarque que j'ai entendue de la bouche de ma mère, elle avait parlé de cela à l'une de ses amies, zut, j'avais presque oublié son existence pour un moment. Je fais la moue alors que Clara continue à rire. Je passe mon bras autour d'elle pour me rapprocher de cette bonne humeur d'enfant. Amandine bouge légèrement, je la repositionne sur moi, ainsi, je suis calée entre mes deux filles.

Je me relâche peu à peu et reviens à ce sentiment de bien-être. Je sens même mon corps s'enfoncer dans les coussins du canapé, je remonte une couverture sur Amandine qui soupire doucement. Clara ne loupe pas une miette du film, moi, je m'endormirais presque maintenant. C'est à cet instant précis que j'entends la porte d'entrée s'ouvrir, les parents arrivent. Me revoilà dans la réalité de la vie, j'aurais dû avaler la pilule bleue, me dis-je, au moins, je serais restée dans cette vie sans doute un peu morne, mais tranquille, sans question existentielle, à présent je suis en plus envahie d'histoires à dormir debout que je ne peux plus effacer de ma mémoire. Je sens tout mon être s'irriter à entendre les murmures de ma mère, je suppose que nous en sommes le sujet et ça m'énerve.

Mon père passe en premier et jette un œil vers nous, avec un léger sourire, il envoie une bonne nuit. Quant à ma mère, elle fait une vraie halte devant le salon, grimace en voyant Amandine endormie et ne peut s'empêcher de faire remarquer qu'elle serait mieux dans son lit.

— J'allais aller la coucher, répliqué-je.

— Tu ne regardes pas la fin du film maman ? questionne Clara.

— Si, si, ne t'inquiète pas, j'irai la mettre au lit après, chuchoté-je, profitant que ma mère a le dos tourné pour se défaire de sa peau de bête et de son sac à main.

J'aimerais me débarrasser de ma mère au plus vite et, surtout, ne pas réactiver la tension palpable depuis mon retour de cet après-midi. J'entends la porte du placard se refermer, pourvu qu'elle ne reste pas avec nous, elle en serait capable juste pour que j'aille coucher Amandine sur-le-champ.

— Vous avez passé une bonne soirée ? questionné-je d'une voix soutenue.

— Très bien, une bonne soirée détendue, répondit-elle en accentuant sur le mot « détendu ».

Tiens, prends-toi ça dans les dents, fulminé-je.

— Tant mieux. Bonne nuit, lancé-je, ne voulant pas alimenter la conversation naissante.

— Bonne nuit et ne tarde pas à coucher cette enfant ! ajoute-t-elle en regardant Amandine.

— Le film fini dans cinq minutes. Bonne nuit, maman, conclus-je, d'un ton convenablement forcé.

— À demain, grommelle ma mère.

Elle me gâche ma fin de soirée, pesté-je, du coup je ne suis plus détendue du tout. Le film se termine sur ces réflexions, je ne suis plus concentrée et c'est en sentant Clara remuer à côté de moi que je me rends compte que le générique du film défile sur l'écran.

Clara s'étire franchement. Amandine bouge légèrement.

— On va se coucher maman ? demande Clara.

— Oui ma chérie, on y va.

Je me redresse du canapé un peu abattu. Après avoir éteint la télé et remis les couvertures à leur place, j'attrape Amandine que je porte. Dans un demi-sommeil, elle entoure mon cou de ses petits bras. Je me sens plus vivante à ce moment-là, je dois me concentrer sur mes filles, toujours, et je dois laisser de côté toutes ces pensées négatives.

***

Je n'arrive pas à dormir cette nuit-là. Je vois ma mère partout dans mes rêves ou mes cauchemars plutôt !

***

Le matin je me lève péniblement, mon teint est chiffonné. Les filles ont dormi plus tard elles aussi. Aujourd'hui est notre dernier jour à Fontanges, Clara a fini son stage, mais elle tient à repasser au centre équestre pour dire au revoir à son poney préféré et à toute l'équipe. On a même prévu un cadeau pour sa monitrice.

Le petit-déjeuner pris à la hâte nous partons toutes les trois. Amandine suit sa sœur comme son ombre, elle est fascinée par tous ces équidés. Clara lui montre le poney ou plutôt la ponette qu'elle montait pendant son stage. Je reste à distance et j'entends Clara lui présenter Opale tout en lui donnant des carottes, les chevaux ont eux aussi eu leurs cadeaux. Clara est douce et montre à sa sœur comment caresser cette jolie ponette.

J'incite maintenant Clara à aller offrir son cadeau à sa monitrice, car nous devons rentrer. Les parents ne tarderont pas à s'impatienter et comme c'est notre dernier jour, je tiens à faire bonne figure.

Le déjeuner est pris dans le calme. Ma mère est presque sympathique. Elle a dû se dire la même chose que moi à savoir que c'est le dernier repas, on peut faire un effort pour être presque aimable. J'en souris bêtement ce qui ne passe pas inaperçu, et ma mère justement me demande pourquoi je souris. Je réponds une banalité comme un vieux souvenir qui traverse mon esprit, elle n'est pas dupe, tant pis pour elle, me dis-je.

Ce déjeuner s'éternise un peu trop. J'ai les valises des filles à boucler, la mienne est déjà prête, je ne l'ai presque pas défaite, comme si je m'étais préparée à un départ précipité.

J'aimerais repasser voir Lucie en vitesse pour lui dire au revoir, on n'aura malheureusement pas le temps pour une longue conversation. Je vais prétexter que je veux faire quelques courses à Saint Chamand avant de partir et aller chez elle, je ne dis rien à ma mère occupée dans son bureau, car je risque un interrogatoire. Je vais juste en parler à Germaine en descendant les valises prêtes.

***

Je file en vitesse, j'ai un peu plus d'une heure devant moi, ça sera rapide, mais ça sera mieux que rien. J'arrive enfin chez Lucie, c'est fou comme les trajets paraissent plus longs quand on n'a pas trop de temps. Je descends de la voiture et m'approche de sa maisonnette de pierre. Je trouve la porte close. Les chevaux sont en train de brouter tranquillement, mais ni elle ni Georges ne sont sur place et effectivement, il n'y a pas le pick-up. J'attends un peu adossée à la barrière. L'heure tourne vite et je dois rentrer à Fontanges pour récupérer les filles et aller à l'aéroport.

Tant pis, je vais lui laisser un mot. Je retourne à ma voiture pour y trouver de quoi écrire. Tout en fouillant dans la boîte à gants à la recherche d'un bout de papier, j'entends le bruit d'un moteur. Je lève la tête et vois le pick-up de Lucie se garer devant la maison. Je sors en vitesse de l'habitacle. Lucie me repère tout de suite bien sûr et vient à ma rencontre un grand sourire aux lèvres.

— J'avais tellement peur de ne pas te revoir avant ton départ, me lance-t-elle.

— Je t'avais annoncé que je repasserais, mais je n'ai plus le temps de rester, je dois récupérer mes filles. Notre avion décolle dans moins de trois heures.

— Ah comme c'est dommage…

Georges arrive les bras chargés de sacs en papier remplis de courses, il est tout sourire.

— Quelle bonne surprise, Sophie, as-tu le temps pour prendre un verre ?

— Elle ne peut pas, répond rapidement Lucie.

Lucie me paraît contrariée, moi aussi j'aurais aimé avoir plus de temps. J'ai très vite adopté cette tante qui, j'en suis sûre, me ressemble beaucoup finalement.

— Puis-je te dire quelques mots, Sophie ?

— Bien sûr.

Nous marchons vers le paddock pour nous écarter de Georges, je suppose.

— J'ai omis de te révéler deux trois petites choses hier.

— Je m'en doute, il me semble qu'il manque même pas mal de pièces à mon puzzle.

— Le reste viendra. Dans l'urgence, j'aimerais que tu saches que ma vie n'a pas été toute rose avant mon retour, je peux facilement imaginer que c'est pour cela que tes parents m'ont éloigné d'eux et de toi.

— Est-ce si terrible ? Au point de t'exclure ?

— Je ne sais pas, mais il faut que je te le dise avant que tu l'apprennes par ailleurs.

— Je t'écoute, mais je crois que quoi que tu me révèles cela ne changera rien, réponds-je en souriant franchement.

— Je l'espère. Voilà, j'ai pris par le passé des drogues douces, j'ai commencé quand j'étais ado, puis des plus dures lorsque j'ai vécu dans cette communauté, j'ai même subi une cure de désintoxication ce qui a failli me coûter la vie, avoue-t-elle en baissant les yeux.

— Je peux imaginer que cela ne convenait pas à mes parents, c'est effectivement un argument qui a plus de poids dans leurs critères.

Gorges nous a rejointes, il a entendu les propos de Lucie de loin, il semble inquiet de la révélation qu'elle vient de me faire et la questionne silencieusement.

— Je me devais de lui dire certaines choses, lui dit-elle.

Il acquiesce de son regard doux, il y a de la bienveillance entre eux deux, ce que je n'ai jamais vu chez les miens.

Lucie lève les yeux vers la route et est attirée par le bruit d'une auto. Elle se tourne vers Georges d'un seul coup, ils paraissent ennuyés.

Je trouve cela étrange.

— Que se passe-t-il ? demandé-je.

— Euh, ton père…

— Quoi mon père ?

— Ton père vient de passer devant chez nous.

Lucie a prononcé cette phrase avec un air légèrement penaud, ce qui est peu naturel chez elle si j'en crois ce que j'ai perçu de notre conversation.

— Cela risque-t-il de te poser un problème, Lucie ? demandé-je.

— À moi, non ! Pas le moins du monde, réplique-t-elle après avoir repris de l'aplomb, mais je crains que toi tu en aies.

— Je me fiche de ce que pensent mes parents, et plus précisément mon père en me découvrant chez toi. À mon âge je peux bien voir qui je veux.

— C'est mon avis aussi, mais ils ont été si catégoriques avec moi, si intransigeants que je n'aimerais pas que cela te pose le moindre problème.

— Lucie, ne sois pas inquiète, il s'agit de mon père et je suis sa fille. Il ne pourra pas me mettre en dehors de sa vie comme il l'a fait avec toi, et puis je t'avoue qu'aujourd'hui cela m'est bien égal. J'ai décidé de faire du clair dans ma vie et je m'attaque à la base, s'ils ne veulent plus me voir, ils se puniront eux-mêmes au risque de se priver de leurs petites-filles.

— Si tu le dis… enfin, fais attention quand même.

— Bien sûr, je suis désolée, mais il faut vraiment que je file là.

— Dès que tu reviens dans le coin, viens me rendre visite, Sophie, je veux que tu saches que je suis très heureuse de t'avoir dans ma vie maintenant.

Je m'approche de Lucie et me jette dans les bras qu'elle m'a ouverts, des larmes coulent sur nos joues, nos cheveux roux se mêlent, Georges nous regarde et attend que la séance émotion se termine pour m'embrasser à son tour.

— Bien sûr que je viendrai vous voir.

Georges est près de nous maintenant, il me prend dans ses bras.

Je m'adresse à Lucie et lui dis qu'il n'est pas question que je mette de la distance entre nous désormais, que je suis heureuse d'avoir un nouveau membre dans ma famille qui j'en suis sûre est la plus proche de moi.

Je pars vite et surtout avant de pleurer à nouveau.

13

Nous approchons de la capitale, si belle vue d'en haut, il fait nuit et Paris est illuminée. Je ne suis pas citadine dans l'âme, mais je suis contente de rentrer et de bientôt retrouver cette ville et cette vie fourmillantes, peut-être est-ce le fait d'avoir quitté la maison de campagne de mes parents qui est comme une délivrance et accentue ce petit bonheur. Mais je sais aussi que mes fonctions de bonne ménagère me guettent.

Dans un taxi, toutes les trois assises à l'arrière, je regarde défiler la route, Amandine dort contre moi et Clara a le front collé à la vitre, je crois que nous sommes partagées entre le plaisir de rentrer et le quotidien qui nous attend chacune à son niveau.

Paul avait hâte de voir ses filles, il est arrivé avant nous et je compte qu'il se débrouille pour nous préparer le dîner, enfin, j'ose espérer. Je suis heureuse aussi de retrouver Justine, elle doit être toute bronzée.

Dans le taxi le silence règne. La voiture se rapproche de la maison. Je suis lasse et de plus en plus morose. Paul se demanderait probablement ce qui ne va pas s'il voyait ma tête déconfite ! Quoique ce ne soit même pas certain, j'ai tellement l'impression de vivre à côté d'une ombre ces derniers temps.

Comment va être ma vie maintenant ? Avec ce que je sais sur le passé de ma mère, celui de Lucie, mes parents qui l'ont mis de côté sans vergogne et toutes les réponses aux questions que je n'ai pas encore posées, ça promet de ne pas être simple. Lundi c'est la rentrée, il me reste juste le week-end pour remettre les affaires des filles en place et faire quelques machines, le travail d'une bonne ménagère ni plus ni moins. J'imagine que Paul et Justine auront rapporté un tas de linge à laver en plus de celui des petites. Quelle vie ! Je n'aurais jamais dû signer ! Je me rends compte de l'esclavage qu'est le rôle d'une mère de trois enfants, épouse d'un mari qui ne fait pas grand-chose pour aider.

C'est ta faute, constaté-je en silence, tu n'avais qu'à être plus exigeante au début, maintenant c'est trop tard ! J'ai la sensation d'étouffer à l'idée de reprendre ce quotidien.

Je devrais être heureuse, tant de gens n'ont pas la chance que j'ai : une maison, un mari, des enfants, pas de souci financier, tout le monde en bonne santé ! Et pourtant, je ne me sens pas comblée.

***

Mes pensées se portent sur mon départ de Fontanges plus tôt dans l'après-midi. Je suis revenue de chez Lucie à la hâte, j'avais pris trop de temps en fin de compte. Les filles étaient fin prêtes et Germaine était en train d'aider Amandine à mettre son manteau lorsque je me suis garée en faisant un peu crisser mes pneus.

— Maman ! a crié Amandine en voyant ma voiture dans la cour, elle est sortie rapidement en appelant sa sœur.

Je chargeais déjà les bagages quand Clara est arrivée suivie de sa grand-mère qui affichait bien sûr une mine renfrognée.

— En bien, tu en as mis du temps ! fulmina-t-elle.

— Oui, mais je suis là maintenant, allez les filles, on y va…

— Peut-on savoir où tu étais Sophie ? questionna-t-elle d'un ton inquisiteur.

— Non, mère ! Tu ne peux pas savoir, ai-je rétorqué un peu sèchement.

Les filles avaient entre-temps embrassé leur grand-mère et se dirigeaient vers leur grand-père qui revenait du garage de l'autre côté de la cour.

Je croisai son regard sans le soutenir, je m'activais à ranger les valises dans le coffre pendant qu'il allait se poser près de sa femme et suivait le manège qui se déroulait devant lui.

— Tu as dit à Germaine que tu étais allée faire des courses, mais il n'y a rien dans la voiture, tu as donc menti, c'est nouveau ça, Sophie, a lancé ma mère.

— Écoute, j'ai passé l'âge d'être sermonnée, je suis une grande fille maintenant et je fais ce que je veux, OK ? Sur ce, je file. Je n'ai pas envie que nous manquions notre vol.

Les filles qui n'avaient pas loupé une miette de cet échange pouffaient en s'engouffrant dans la voiture, mais discrètement afin que leur grand-mère ne les voie pas.

Mon père fit remarquer à son épouse qu'effectivement j'étais une grande fille et que j'avais le droit de faire ce qui me plaisait.

— Puisque tout le monde est contre moi… s'exclama ma mère sans trop hausser le ton, elle fit volte-face, et pénétra dans la maison après avoir fait des gestes d'au revoir aux filles.

— Merci, père, lui dis-je à ce moment-là.

Je ne voulais pas m'attarder et entendre plus de remontrances d'autant qu'il m'avait vue avec Lucie. Je lui fis part de l'urgence de mon départ. Il me dit simplement qu'il comprenait, mais qu'il ne manquerait pas de me reparler de ce qui s'était passé juste avant de revenir chercher les filles.

— On en discutera une autre fois si tu veux bien, réponds-je.

Je l'ai trouvé détendu finalement, moi qui craignais une

réprimande à sa manière, mais il ne faut pas sous-estimer mon père qui sait attendre le bon moment pour faire des remarques tranchantes lui aussi.

***

Je n'ai pas réussi à leur parler avant d'aller voir Lucie, j'aurais peut-être dû.

Finalement, en y réfléchissant, ce n'est peut-être pas plus mal d'avoir agi de la sorte, ainsi j'ai pu aller voir Lucie en toute tranquillité sans avoir de remarques désobligeantes de mes parents. Pire, ils auraient peut-être tenté de me dissuader d'y aller ou, plus pénible encore, ils auraient pu semer la zizanie une fois de plus dans sa vie, non vraiment, c'était mieux comme ça.

Je sais de toute façon que tôt ou tard, ils le sauront, difficile de faire autrement, donc je me réjouis d'avoir reporté cet ouragan.

14

Aurélie et sa petite librairie, enfin je retrouve cet espace ! J'entre avec un franc sourire et l'envie de déplacer des montagnes, cet endroit est désormais ma soupape de sécurité, un lieu plein de belles énergies, de paix et de silence aussi. Aurélie est devenue au fil du temps une vraie confidente, elle a su me mettre en confiance avec moi-même et faire ressortir quelques failles de ma vie conjugale et familiale, une existence rangée comme elle dit ! J'ai hâte de lui raconter mes dernières découvertes.

Lorsque j'y pénètre, je vois Rosie en premier, une vieille femme du quartier qui passe le plus clair de son temps ici, à la librairie. Aurélie a réservé un lieu pour les lecteurs d'un moment ou ceux qui ne peuvent s'offrir un livre, ils entrent et restent le temps qu'ils veulent à lire. Il y a toutes sortes de personnes, Rosie en fait partie, elle ne doit pas toujours manger à sa faim, mais elle est très discrète et quand Aurélie lui parle et lui demande comment elle vit, elle répond qu'elle a beaucoup de chance, qu'elle n'est pas dans le besoin et que ses enfants viennent souvent la voir. Aurélie n'est pas dupe et a remarqué qu'elle apprécie un peu trop les biscuits qu'elle lui offre de temps en temps avec un café.

Aujourd'hui Rosie semble indécise sur le choix de son livre.

En tournant la tête, je vois Aurélie plus loin dans la boutique perchée sur une échelle, elle me sourit franchement et me fait un signe dans la direction de Rosie, je comprends par ce geste que ça serait bien que je m'approche d'elle, Aurélie paraît débordée.

J'avais espéré parler un peu à Aurélie ce matin, depuis mon retour de Fontanges, j'ai repris mes activités de bonne ménagère et mère au foyer, j'ai envie de vider mon sac et surtout de lui raconter mes vacances, mais a priori ce n'est pas le meilleur moment, je patienterai, j'aurai peut-être plus de chance vers le déjeuner.

***

Rosie n'a pas choisi de livre apparemment, elle sourit en me voyant arriver vers elle.

— Bonjour, Rosie, annoncé-je.

Rosie continue à me considérer sans répondre.

— Vous avez du mal à vous décider aujourd'hui ?

C'est à ce moment-là qu'elle sort un ouvrage, le fait pivoter afin que je lise le titre : « Adultère », Rosie me regarde toujours avec ce sourire aux lèvres.

Je suis gênée par le choix de Rosie, je la trouve un peu âgée pour ce genre de roman, surtout que ça n'a pas l'air d'un livre traitant de ce mal, l'image de couverture est suffisamment suggestive.

— Vous me direz si c'est bien, lancé-je embarrassée.

Je voudrais aller vers d'autres occupations maintenant, voir si je peux faire quelques rangements, mais elle interrompt mon impulsion de départ.

— C'est un très bon livre, lâche-t-elle en me retenant.

— Vous l'avez déjà lu ?

— Oui.

— Pourquoi le choisir à nouveau alors ?

— C'est pour toi, mon ange, je crois que c'est ce que tu devrais lire en ce moment.

Même Aurélie qui s'est promis de me faire aimer la lecture ne m'a pas suggéré ce type d'ouvrage !

— Qu'est-ce qui vous fait penser que de ce genre de lecture m'intéresserait Rosie ? questionné-je.

Je suis de plus en plus surprise par les propos de Rosie, cette femme sans âge qui me présente un livre sur, a priori, une relation adultère.

— Je ne sais pas trop en fait, c'est sorti tout seul en te voyant entrer, en tous les cas, si ça ne te fait pas de bien, ça ne te fera pas de mal, lâche-t-elle, c'est très bien écrit en plus, drôle, insouciant, en t'observant je me dis que tu as besoin de ça.

Perplexe, je regarde Rosie me demandant ce qu'elle a pu déceler en moi qui lui donne cette impression, je repense aux rêves érotiques que j'ai faits et je rougis aussitôt.

— Pour l'instant, je vais aider Aurélie, je vois qu'elle a reçu pas mal d'ouvrages, je vais les sortir des cartons, dis-je tout en filant de son espace.

Ma réponse est peut-être un peu trop hâtive pour paraître banale, Rosie a l'air d'avoir perçu cette précipitation exagérée et me sourit encore.

— Oui, va, mon ange ! Tu me ferais un petit café en passant ? me demande-t-elle avant que je ne sois trop loin.

— Bien sûr, Rosie et je vais m'en faire un aussi, vous voulez des biscuits ?

— Avec plaisir, avance-t-elle toujours enjouée. Puis elle part avec le roman sur l'adultère, elle s'installe dans l'espace lecture près du radiateur et ouvre un autre livre après avoir posé le premier à côté d'elle.

Je suis pensive. Prévoit-elle vraiment de me faire lire ce bouquin ?

La matinée s'écoule très vite, Aurélie a été occupée avec les nouvelles commandes à passer, quelques clients exigeants, un représentant, le comptable, ils se sont tous mis d'accord pour m'empêcher de l'approcher.

Elle ne prend pas le temps de faire de pause, le comptable est resté à la librairie pour profiter du calme pendant la fermeture.

Je quitte la boutique et transforme le déjeuner que j'aurais dû avoir avec Aurélie en une balade parisienne. Je me dirige vers le Sacré-Cœur, ce lieu m'apaise, pourquoi me retrouver ici ? Peut-être que mon âme a besoin d'être là plus que ma conscience.

J'entre tout simplement dans le Sacré-Cœur, je m'assieds sur un banc et je laisse s'écouler le temps. Mon regard dans le vague, j'aurais eu envie de parler avec Aurélie, cela m'aurait permis de clarifier mes pensées et ces nouvelles informations qui obstruent mon esprit plus que ce que je l'avais prévu.

Bizarre comme la vie se présente parfois. Les choses n'arrivent pas de la manière dont on les imagine. C'est dans un de ces moments que je me demande si je n'aurais pas dû rester bien sage et ne rien bousculer.

15

J'arrive à la maison vers quinze heures, fatiguée et cafardeuse. J'avais compté sur Aurélie pour vider mon sac, je l'espérais en partant ce matin d'autant que je n'avais pu parler à personne de toute cette histoire. C'est difficile de garder ces secrets pour moi et j'avais bien besoin d'un avis extérieur. J'aurais pu en discuter avec Marie, mais je n'ai plus de nouvelles d'elle, je n'en ai ni donné ni demandé d'ailleurs, et puis, elle aurait été friande de ces mystères, un peu trop je crois, Marie a la fâcheuse manie de raconter tout ce qu'elle entend, il n'est pas question d'abreuver les potins de ses copines.

***

Je pénètre dans la maison d'un pas traînant, je remarque tout de suite les clés de la voiture de Paul sur la console de l'entrée, je tourne la tête vers le porte-manteau et vois son trench-coat accroché.

Zut ! Les filles ne doivent pas arriver avant deux bonnes heures, j'avais prévu de faire le vide et de m'imprégner de mon rôle de mère avant que la maisonnée ne se mette à fourmiller, mais avec Paul dans les murs je suis prise au dépourvu. Pourquoi est-il là ? Je tente de me souvenir d'une raison de sa présence à cette heure, mais je ne trouve rien. Je n'ai pas envie de me retrouver seule avec lui. Je vais tâcher de vaquer à quelques occupations de ménagère ce qui m'évitera d'avoir à lui parler en tête-à-tête.

En m'engageant dans le couloir pour rejoindre mon espace d'activité de reine du foyer qui commence à me déplaire de plus en plus, soit la buanderie, je le vois dans son bureau fixant son ordinateur d'un air peu attentif, je sens qu'il se retourne juste après mon passage, je décide alors de lancer une phrase anodine.

— Tu es déjà rentré ?

J'opte pour le rôle de fée du logis investie et débordée et ne m'arrête, ni ralentis le pas. Normalement il devrait me répondre une banalité que je n'entendrai pas.

Comment en suis-je arrivée là ? Comment en si peu de temps je ne trouve quasiment plus d'intérêt à continuer cette vie, et pire, auprès de mon mari ? Je suis sûre d'avoir eu des sentiments pour lui, nous avons conçu trois magnifiques filles, je me souviens de moments merveilleux par le passé. Je grimace, je ne parviens plus à être dans cette réalité, pourquoi ?

— Tu as l'air ailleurs, Sophie ?

Je sursaute et me retourne complètement empourprée, il me regarde surpris de ma réaction.

— Tu m'as fait peur, Paul ! lancé-je sur un ton quelque peu désinvolte.

— Désolé, je pensais que tu m'avais entendu arriver, mais en fin de compte, je ne suis pas si étonné que ça, tu as l'air tellement lointaine en ce moment.

— Je suis surtout occupée.

— Sophie ?

— Oui ?

— Il me semble que nous devons parler.

— Ah ? Et de quoi veux-tu parler ?

La tête dans le lave-linge, je sens mes joues s'empourprer à nouveau, je reste baissée un bref instant, histoire de ne pas lui laisser voir cette perturbation.

— J'ai appelé la librairie en début d'après-midi, car je pensais venir te chercher pour discuter un peu justement, Aurélie m'a appris que tu n'étais pas revenue après le déjeuner.

— En effet, je n'y suis pas retournée, lancé-je tout en continuant à vider la machine.

— Et ton téléphone était coupé !

Mais il me traque, qu'est-ce qui lui prend ? Lui qui d'habitude ne se rend presque pas compte que je suis là.

— J'ai dû tomber en panne de batterie, risqué-je toujours en action avec le linge.

— Tu ne veux pas stopper deux minutes, s'il te plaît ?

Je pose le tee-shirt sur la corbeille et le regarde en m'efforçant d'avoir un air normal.

— Je te trouve bizarre depuis quelque temps, en fait, depuis ton retour du Cantal.

Tiens, il peut être perspicace finalement ! Je le fixe toujours, attentive.

— J'ai appelé Francelyne ce matin, avoue-t-il.

Je n'en crois pas mes oreilles, pourquoi a-t-il fait cela ?

— Tu as téléphoné à ma mère ? proféré-je.

— Je te trouve agressive, Sophie, c'est nouveau. Je voulais savoir s'il ne s'était rien passé pendant ces vacances. On ne voit plus du tout tes parents ces temps-ci.

— C'est comme ça en ce moment, et tu as obtenu satisfaction ?

— Rien de précis, elle a juste constaté combien vous étiez lointaines toutes les deux, et effectivement, elle t'a perçue un peu remontée durant ces vacances. Je ne te comprends plus, Sophie, tes parents ont toujours tout fait pour toi, tu as eu une enfance dorée avec tout le confort que l'on peut espérer, tu n'as jamais manqué de rien, je trouve que tu es injuste avec eux et surtout avec ta mère.

— Tu as fini ta tirade, Paul ?

— Ce n'est pas une tirade, c'est la vérité.

— Paul, tu n'as aucune idée de ce que j'ai vécu enfant, tu n'étais pas là.

— Non, mais j'ai passé beaucoup de temps avec eux et je vois bien comment est ta famille.

— Tu ne sais rien, Paul !

— Tu exagères. Je pense qu'il serait bon que tu fasses la paix avec eux et en particulier avec ta mère, elle paraît malheureuse.

Je n'en reviens pas de ce que j'entends. Paul est rentré pour me faire la leçon sur mes parents, sur ma mère qu'il la vénère comme si elle était une sainte, et je ne sais pas tout ce qu'elle a vécu avant de rencontrer Lucie.

— Sophie ?

— Oui ? réponds-je brutalement.

— Tu es encore ailleurs. Quand vas-tu te décider à faire un pas vers ta mère ?

— Ce n'est pas prévu ! rétorqué-je.

J'ai pensé à voix haute et je m'en rends compte en lâchant ces mots.

— Pardon ?

— Je ne le ferai pas ! Voilà ma réponse.

— Tu as changé, Sophie.

Il ne trouve que ça à dire. Je suis un peu perturbée par cette discussion, il tourne les talons et retourne dans son bureau, il ne me pose plus de questions, il aurait pu se demander si je n'avais pas une bonne raison d'être de cette façon avec ma mère, mais non.

Tout en pliant maintenant le linge des filles, je réfléchis aux derniers mots qu'il m'a dits : « Tu as changé ! » Effectivement, je change, je suis différente, voilà une lumière dans mon tunnel noir. Ce qui explique pourquoi je ne me sens plus à ma place dans cette vie, cet homme que j'ai aimé dans le passé est devenu insipide près de moi, j'ai envie de mordre tel un animal sauvage qui aurait vécu trop longtemps en cage, et aussi de hurler et de sortir de mes gonds.

C'est exactement de ça que j'ai besoin ! J'ai changé ! Merci, Paul, pensé-je d'un coup.

Je me sens mieux, bien mieux, la Sophie timide, introvertie, sage et disciplinée est en train de disparaître et je cours vers le fond du tunnel, la lumière se rapproche à grands pas… quelle énergie je ressens, quelle puissance !

Les filles arrivent à ce moment-là, déboulant dans la maison pleine de vie, je suis heureuse de les voir.

16

J'entre dans la cuisine la première comme d'habitude, j'ouvre le store, le temps est maussade, il ne pleut pas, mais c'est très humide. Pourtant, je perçois une bruine lourde. À l'instar de mon climat intérieur : lourd. Tout est calme encore, le chien ronfle dans son panier, il lève un œil en me voyant ayant l'air de dire que je ne suis pas en forme ! Je lui réponds à haute voix et lui rétorque qu'il est extralucide. Je l'observe un moment, il repose sa tête sur ses pattes en soupirant, lui au moins me comprend, je souris timidement. Pourtant hier, j'étais ragaillardie par la découverte de mon nouveau moi.

Je prépare le petit-déjeuner des filles lorsque je vois apparaître Amandine dans l'embrasure de la porte en pyjama rose, c'est toujours elle qui arrive en premier. Elle vient m'enlacer sans un mot et cette seule manifestation de tendresse me fait me sentir mieux, un amour inconditionnel et pur.

Clara paraît un moment plus tard, habillée et mal coiffée, le regard dans le vide. Elle s'installe machinalement sur un tabouret et me lance un « bjour mam ! » Je m'approche d'elle pour réclamer mon bisou qu'elle m'accorde avec une douce simplicité. Ses gestes sont automatiques et mécaniques. Si je lui mettais autre chose devant elle pour son petit-déjeuner… s'en rendrait-elle compte ? J'en souris.

C'est avec un raffut de tous les diables que je vois débouler Justine suivie de près par son père qui a l'air de l'avoir bousculée comme presque tous les matins. Elle jette son sac par terre dans la cuisine, ouvre le frigo et prend le jus d'orange machinalement, et sans s'apercevoir qu'une bouteille trône déjà sur le comptoir, je ne dis rien, je n'ai pas envie de me battre avec elle ce matin, son père s'en charge assez. Elle me lance un regard presque noir, mais il glisse sur moi sans me toucher.

Paul entre à son tour dans la cuisine, il s'installe à côté de Clara et avale le café que j'ai posé devant lui, il ne me dit pas merci… mais j'ai l'habitude. Il attrape une tartine de pain grillé dans la corbeille qu'il beurre mécaniquement. Il adresse enfin un geste à sa fille et lui demande si elle a bien dormi, elle répond en grommelant la bouche pleine de céréales.

Quant à moi, je suis de plus en plus en mode automate et de moins en moins humaine, mère encore un peu, avec les filles oui, mais femme ? Pas le moins du monde. Je ne peux pas me plaindre de recevoir un regard noir de mon mari, si au moins il y en avait un ! Mais non pas de regard du tout ! La discussion d'hier s'est envolée et un goût plus amer demeure. J'ai en face de moi un homme avec qui je n'ai aucun échange, un père pour mes filles sans aucun doute, mais envers moi que reste-t-il ?

C'est quand j'ai le nez dans l'évier à laver les bols que Paul me lance un : « au revoir » depuis la porte de la cuisine, je n'ai même pas envie de me retourner. Clara doit être encore là, et si c'est le cas, ce manque de chaleur entre ses parents n'aura sans doute pas échappé à son attention, je me détourne attrapant un torchon pour m'essuyer les mains et je lui dis « bonne journée ! ». Clara qui s'apprêtait à sortir de la pièce me jette un regard perplexe.

Il est temps pour Amandine d'aller s'habiller et je vais devoir l'extraire du canapé où elle a pris l'habitude de s'installer avec son bol de céréales devant ses dessins animés préférés.

Dans le couloir je croise Clara qui est maintenant prête à partir à l'école, elle stoppe devant moi pour m'embrasser en m'enlaçant de son bras libre, elle me demande si tout va bien. Je réponds que oui, elle semble hésitante et me dit un « je t'aime, maman ».

— Je t'aime aussi, ma chérie, passe une belle journée.

— Toi aussi maman, à ce soir.

À mon tour, je ferme la maison et part avec Amandine qui saisit ma main dès que nous nous mettons en marche. L'école est tout près. Nous avançons sans parler, mes pensées sont déjà loin d'ici.

Je vais prendre le RER de huit heures cinquante-trois, et avec un peu de chance, je serai à l'ouverture de la librairie en même temps qu'Aurélie pour dix heures.

Nous nous trouvons devant l'établissement sans que je m'en rende compte, Amandine me lâche pour attraper son sac, elle a remarqué le groupe de fillettes qui lui lance des signes pour qu'elle les rejoigne, je l'embrasse très fort et elle file les retrouver. Je lui rappelle avant qu'elle soit complètement absorbée par ses copines que c'est Clara qui passera la récupérer à la fin de l'école.

— Oui maman, comme tous les mardis, rétorque-t-elle.

Je la regarde consternée, oui bien sûr, faut-il vraiment que je le redise à chaque fois.

***

À travers la fenêtre du RER je vois la journée devenir plus belle, un soleil radieux sort de derrière les nuages, l'air est particulièrement doux, je suis bien mieux maintenant, ça va avec cette lumière chaude me dis-je, à moins que ce soit le fait de m'éloigner de ma vie de bonne ménagère, ou l'approche de la librairie, que sais-je.

Je repense à mon retour à la maison, hier, j'ai ouvert une porte vers une nouvelle vérité, un nouveau moi que je dois laisser s'affirmer peu à peu, oui c'est ce que je dois faire, il n'y a pas d'autre raison. Si tous ces événements arrivent, c'est qu'il est peut-être justement temps pour moi de passer à autre chose.

Je sens que je me libère un peu d'une sorte de poids qui pèse sur mon estomac, il faudrait que je remercie Paul de m'avoir dit que j'avais changé. Je souris toute seule dans le RER, il me prendrait pour une folle s'il me voyait.

J'ai encore le sourire accroché aux lèvres lorsque je relève la tête vers les gens assis les uns à côté des autres, une femme me toise bizarrement. Je tourne mon visage et suis attirée par une zone en particulier, je croise le regard d'un homme, il se trouve un peu plus loin en bout de banquette si bien qu'il est dans ma ligne de mire. Il m'observe d'une manière soutenue et ne détourne pas les yeux lorsqu'il rencontre les miens, je baisse très vite la tête et me sens rougir jusqu'aux oreilles. Peut-être que cet homme considérait quelqu'un d'autre en fin de compte, je veux vérifier. Une dame âgée est assise à côté de moi et contemple le paysage derrière la fenêtre. Discrètement, je jette un coup d'œil sur ma gauche, un individu a le nez plongé dans son journal et à ses côtés une jeune fille bouge la tête suivant le rythme de son iPod.

Je garde la tête baissée, le temps que cet homme décide de regarder ailleurs.

Il n'est pas question que je lui laisse supposer quoi que ce soit à ce parfait inconnu du RER. Et puis pourquoi devrais-je me cacher ! Je dois rester telle que je suis et je vais faire comprendre à ce monsieur, s'il insiste, qu'il devrait cesser.

C'est sur cette pensée que je tente un nouveau coup d'œil scrutateur. Je lève la tête avec tout le sérieux que je peux afficher sur mon visage, je fais un tour d'horizon vers l'endroit où se tient cet homme, à la place se trouve une femme corpulente. Une sorte de panique me prend, j'ai peut-être loupé quelque chose, je décide de fouiller des yeux l'espace des banquettes voisines, mais rien, il n'y est plus. J'élargis mon champ lorsque je le vois debout accroché à la barre verticale m'observant bien sûr, il a dû suivre mon manège. Il sourit franchement cette fois et je rougis encore plus que tout à l'heure. La rame du RER freine et l'homme s'apprête à descendre. Je jette un nouveau regard vers lui alors qu'il saute sur le quai, il me sourit toujours et m'offre un léger hochement de tête puis part d'un pas soutenu sans se retourner.

Je suis perplexe, je réfléchis un instant, je suis quasiment sûre de ne pas le connaître. J'aurais pu le rencontrer avec d'autres personnes, mais non. Un client de la librairie peut-être, mais j'en doute, car il est plutôt charmant et je l'aurais remarqué, surtout s'il s'était adressé à moi.

La rame quitte la gare où il est descendu, je vois à la dernière minute le nom de la station : Saint-Michel Notre Dame, elle se trouve juste avant mon arrêt. Paris est une très grande ville, je n'ai pas trop d'illusion quant à la possibilité de le recroiser et puis j'ai d'autres chats à fouetter que de m'occuper des regards d'un quidam.

J'arrive à l'arrêt Gare du Nord, je suis plus joyeuse, je file pour attraper un bus qui me rapprochera de l'avenue Trudaine. L'attention de cet homme sur moi m'a fait du bien en fin de compte, je me sens un peu plus femme, il a fait remonter ce souvenir à la surface, c'est agréable, je le remercie intérieurement à défaut de le faire vraiment, ce que je n'aurais de toute façon pas fait puisque c'est un parfait inconnu.

17

J'arrive à la librairie en même temps qu'Aurélie, il est tout juste dix heures. C'est avec un grand sourire qu'elle m'accueille.

— Bonjour, ma Sophie chérie, me dit-elle, je suis heureuse de te voir et tellement désolée de n'avoir pu t'accorder un moment hier, ce fut une journée de folie.

— Ne t'excuse pas, je t'en prie, je sais que tu es très occupée à cette période et puis je ne me suis pas ennuyée, Rosie a rempli une partie de mon temps.

— Tu es sûre ?

— Mais oui bien sûr, tu es un peu trop inquiète, y aurait-il autre chose ?

À ce moment-là je me souviens que Paul a téléphoné à la boutique.

— Comme tu n'es pas revenue hier après-midi…, lâche Aurélie, c'est vrai que tu n'es obligée de rien en fait…

— Ferais-tu allusion à l'appel de Paul ?

— C'est la première fois qu'il appelle ici et j'ai trouvé cela étrange.

— Oui tu peux, dis-je en riant.

— Je vois que tu as l'air d'aller bien, je me suis effectivement un peu inquiétée.

— Ça va, enfin il faut le dire vite quand même.

— C'est ce que je pensais…

Aurélie rentre dans la boutique et referme la porte derrière moi.

— On va ouvrir les stores et on va se faire un bon café d'accord, tu vas me raconter tout ça ma chérie, lance-t-elle avec le ton de la confidente qu'elle est devenue au fil du temps.

— Si tu veux, mais je crains que tu n'aies pas assez de café, avoué-je en riant.

— À ce point ? rétorque-t-elle, alors on va juste poser les jalons et on finira autour d'un déjeuner, ça te va ?

— Avec plaisir.

Aurélie, tout en ouvrant la boutique, me parle des derniers livres qu'elle a reçus et me demande si j'ai pris le temps d'y jeter un coup d'œil.

Je me souviens du livre sur l'adultère que Rosie m'a proposé de lire la veille.

— Il y a un problème, Sophie ?

— Non, pourquoi me dis-tu cela ?

— À cause de la moue que tu viens de faire…

— Désolée, ce n'est rien, juste une pensée qui passait par là.

— Bon, si c'est une mauvaise pensée, range-la parce que ça te fait un vilain visage, rit-elle.

— C'est promis, m'esclaffé-je.

Le premier client arrive avant même que la machine à café soit prête à être utilisée, il veut faire des recherches sur une partie de l'histoire du XVIIIe siècle, Aurélie le guide dans les rayonnages, elle me fait un clin d'œil me faisant comprendre que ça ne sera pas long.

Quelques minutes plus tard, le monsieur est reparti sans rien acheter.

— Tu ne l'as tout de même pas expédié, questionné-je un peu embêtée.

— Pas le moins du monde, je ne suis pas très achalandé pour ce type d'ouvrages et pour le coup, il n'a rien trouvé d'intéressant pour lui.

— Je comprends mieux.

— On le boit ce café ? poursuit-elle.

— Il est prêt, annoncé-je tout sourire.

Aurélie s'installe dans le coin des lecteurs juste à l'endroit où Rosie se tenait hier. Elle sucre son breuvage, en avale une petite gorgée et repose sa tasse. Je reste silencieuse attendant qu'elle ouvre la discussion, je ne veux pas paraître pressée de raconter ma vie.

— Alors, Sophie, dis-moi tout ?

— Comme je te le disais, ça va être long à raconter, je ne sais pas par où commencer…

— Si tu m'expliquais déjà pourquoi Paul a téléphoné ici, ça répondra à une question, lâche-t-elle.

— D'accord. En fait, depuis que je suis rentrée de ces quelques jours dans le Cantal, il me trouve un peu différente et il voulait en parler avec moi.

— Différente comment ? Aurais-tu fait une rencontre ? me demande-t-elle curieuse.

— Effectivement, mais ce n'est pas ce que tu crois, réponds-je.

— Dommage, ironise-t-elle.

Décidément, Aurélie me verrait-elle aussi dans un rôle de femme adultère ?

— Ce n'est pas prévu, répliqué-je d'un ton déterminé tout en restant polie.

— Ne m'en veux pas, Sophie, mais j'ai trouvé l'appel de Paul tellement…

— Inattendu ? la coupé-je.

— C'est ça, répond-elle embêtée.

— C'est nouveau chez lui et moi, je suis effectivement différente, on n'est plus vraiment en phase depuis quelque temps.

— L'avez-vous seulement déjà été ?

— Qui sait ? Peut-être pas en fin de compte. Je vivais la vie que chaque femme rêve d'avoir, une belle maison, un mari brillant, un train de vie qui correspondait à mon enfance… Aujourd'hui, je me rends compte que je ne suis pas heureuse, je me sens tellement à l'opposé de tout ça.

— C'est ce que j'avais compris, il était temps que tu t'en rendes compte. Avant de partir retrouver tes filles en Auvergne, tu me parlais déjà de ces différences, non ?

— C'est vrai, je pense que j'en ai réellement pris conscience lors de la dernière soirée avec les amis de Paul.

— Cette fameuse soirée où tu as entendu une conversation entre Paul et son pote ?

— Exactement, cette discussion n'a fait que rajouter tout ce que je n'ai pas envie de vivre, ce côté fourbe et perfide, et puis leurs femmes futiles, je ne me reconnais dans aucune d'entre elles !

— Je peux comprendre, et parle-moi de cette rencontre alors ?

— Une rencontre pour le moins bouleversante.

— Je suis tout ouïe.

— Je ne m'entends pas forcément très bien avec mes parents et surtout avec ma mère comme je te l'ai déjà dit.

— Tu as évoqué ce point.

— En fait, je me demande depuis pas mal de temps aussi, enfin depuis que quelque chose bouge à l'intérieur de moi, pourquoi j'ai grandi avec les parents que j'ai, je suis à l'opposé d'eux.

— Continue…

— J'ai pensé qu'il me fallait l'avis d'une tierce personne, mais proche de mes parents tout de même, dans l'espoir d'en apprendre un peu plus sur ma famille et espérer comprendre mieux qui je suis, ma vie passée, pourquoi j'en suis là, pourquoi ils sont si castrateurs avec moi encore aujourd'hui.

— Et…

— Il y a un membre de la famille dont on n'a jamais eu le droit de parler à la maison.

— Tu veux dire chez tes parents ?

— Oui, elle a rarement été évoquée, je connaissais son existence et son prénom, mais les brèves phrases prononcées à son sujet étaient toujours négatives, voire haineuses.

— Je devine la suite…

— Tu devines correctement, je crois.

— Et qui est cette personne alors ?

— Ma tante Lucie, la sœur de mon père.

Nous sursautons toutes les deux en entendant un homme s'adresser à nous.

— Je suis désolé, je ne voulais pas vous faire peur, mais j'ai trouvé ce que je cherchais et j'aimerais le régler, annonce l'individu planté devant nous.

Le sexagénaire paraît confus de nous avoir dérangées, il est habillé d'une gabardine beige et d'un chapeau en feutre qu'il retire dès que nous nous tournons vers lui.

— Bien sûr, balbutie Aurélie, je viens tout de suite.

Aurélie se lève en vitesse et précède ce client silencieux.

Nous étions tellement plongées dans notre discussion que nous n'avons même pas entendu le carillon de la porte.

Aurélie s'excuse auprès du monsieur, il a l'air embarrassé de nous avoir gênées alors qu'il aurait dû être exaspéré.

— Étrange, me dit Aurélie en se dirigeant vers moi. Jamais vu ce monsieur, et je ne suis pas sûre qu'il revienne, ajoute-t-elle en riant.

— C'est possible, quoiqu'il me semble l'avoir déjà vu en fait, et je crois même qu'il doit habiter dans le coin.

— Ah bon, on verra bien. Il est midi trente, on va déjeuner à la Bocata, ça te dit ?

— Absolument !

— Tout le plaisir est pour moi, maintenant j'ai envie de connaître la suite, avance-t-elle en souriant franchement.

— Je m'en doute.

La Bocata est un restaurant de spécialités espagnoles, installé dans un ancien atelier d'artiste. Une bonne adresse qu'Aurélie fréquente depuis des années comme pas mal d'habitués parisiens.

Un café gourmand devant nous, une heure trente plus tard, j'ai raconté les grandes lignes de ma rencontre avec Lucie. Aurélie m'a laissée parler sans presque m'interrompre, elle boit mes paroles et lorsque je termine mon récit, elle paraît presque déçue que je m'arrête.

— Il faut que tu revoies cette Lucie, rétorque-t-elle.

— Je vais la recroiser bien sûr, il n'est pas question que je la laisse dans l'ombre maintenant.

— Évidemment, mais ce que je veux dire, c'est qu'il me semble que l'histoire est loin d'être complète.

— Sans aucun doute, mais elle m'en a déjà dit pas mal et je n'ai pas eu l'impression qu'il y avait autre chose, enfin quelque chose d'important.

— Es-tu sûre que ta tante t'a tout raconté concernant ta mère ?

— Qu'est-ce qui te laisse penser ça ?

— Elle est bizarre cette histoire dans ce foyer, tu ne trouves pas ? Je ne sais pas trop, une sensation, peut-être la manière dont ton récit se termine, enfin dans ce que tu me dis, j'ai justement l'impression que ce n'est pas fini.

— Tu veux parler de sa façon de se murer avec les membres du foyer à la suite du départ du garçonnet ?

— C'est exactement ça.

— C'est vrai que c'est étrange. Elle m'a laissé entendre qu'elle ne m'avait pas tout dit de toute façon, mais je ne suis pas sûre qu'elle en sache plus sur ce point.

— Tu devrais la questionner, ça me paraît essentiel. Il doit y avoir une autre raison. Et puis il y a cette histoire d'hospitalisation, que s'est-il passé réellement ?

— J'ai pensé à une fausse couche, c'est un peu courant de nos jours quand même, lancé-je.

— Probable, mais c'est peut-être aussi tout autre chose ?

— Tu penses à quoi ?

— Je n'en sais rien !

— Pour l'instant c'est bien ainsi, il faut que je digère ces informations et que je trouve un moyen pour adoucir mes relations avec mes parents si je ne veux pas que ça finisse dans un bain de sang.

— Et tu as maintenant cette querelle avec Paul, comment comptes-tu t'y prendre ?

— Je ne sais pas. Je vais bien voir comment tout évolue en avançant au jour le jour.

— Tu vas lui raconter cette histoire de Lucie ?

— Non, il a toujours été du côté de mes parents, je doute qu'il approuve.

— C'est ce que je crois aussi. Je t'avoue que je n'aimerais pas être à ta place, vive le célibat !

— Comme je t'envie, commenté-je dépitée.

— Laisse passer un peu de temps, temporise avec ton mari, s'il t'aime vraiment, il te comprendra et il t'épaulera.

— On verra, avancé-je sans réellement y croire. Pour l'instant, je n'ai pas d'autre choix que d'arrondir les angles.

— Oups, Sophie, il faut qu'on file à la librairie en vitesse, c'est l'heure d'ouvrir.

Nous nous levons à la hâte, en moins de deux minutes nous sortons de la Bocata.

Aurélie m'envoie livrer une commande à l'autre bout de Paris en quittant la librairie. J'en profite pour analyser, tout en marchant, ce que j'ai pu lui raconter, et pour remettre mes idées en place.

18

La maisonnée est déjà vivante, Justine arrive juste après moi, on a dû prendre le même RER, mais comme elle traîne souvent les pieds elle se trouve derrière moi.

— Bonjour, ma fille, tu as passé une bonne journée ? lui demandé-je le plus poliment possible lorsqu'elle entre.

— Mouais comme d'habitude, le mardi c'est le pire jour, j'ai ma prof d'anglais qui ne peut pas me voir et du coup, elle me met des notes pourries à chaque fois.

— Tu veux sans doute dire de mauvaises notes.

— Maman, fais pas ta mijaurée en parlant comme tes parents, t'es pas comme eux, toi !

Cette réflexion me fait sourire intérieurement alors qu'il n'y a pas si longtemps je me serais peut-être mise en colère. Elle n'attend pas de réponse toutefois et file dans sa chambre.

— Tu pourrais parler un peu mieux, Justine ! J'entends du fond du couloir.

La voix de Paul retentit depuis son bureau.

Tiens, tiens, il est là, décidément, c'est nouveau de rentrer tôt.

J'opte pour être plus aimable qu'hier et vais vers lui.

— Tu rentres tôt ce soir ?

— En fait non, je repars, j'ai oublié un dossier ici et je suis juste venu le récupérer, j'ai un dîner d'affaires.

— Très bien, c'est dommage, me risqué-je.

Il ne relève pas ma dernière remarque. Le nez plongé dans sa sacoche, il a l'air plutôt pressé. Je décide de le laisser. Ce n'est pas le moment de lancer une conversation et prématuré pour lui raconter ce que j'ai vécu à Fontanges.

Je me dirige vers les chambres des filles. Je vais m'occuper d'Amandine et veiller à ce qu'elle prenne son bain correctement. Pendant qu'elle trempe, je jetterai un œil aux devoirs de Clara, j'ai cru comprendre qu'elle avait un souci avec ses maths et Justine lui a dit qu'elle n'avait pas prévu de l'aider, l'adolescence n'est pas terminée.

Paul lâche depuis l'autre bout du couloir une « bonne soirée » et un « Sophie ne m'attend pas, je vais rentrer tard ! » J'entends la porte d'entrée se refermer avant même d'avoir le temps de lui répondre.

— Il est parti ? demande Clara.

— Oui, il a un dîner d'affaires.

— Ahhhh, mais il n'est pas venu nous embrasser…

— Je crois qu'il était très en retard, il se rattrapera demain.

Je n'ai pas envie d'ouvrir la discussion sur lui, et puis, que pourrais-je dire ?

La soirée se déroule dans le calme, les filles sont détendues, Justine se radoucit, elle est complètement différente et elle nous gratifie de quelques anecdotes sur sa vie au lycée.

Depuis mon retour de vacances, je n'ai pas passé un moment agréable comme celui-là avec Justine, elle me donne un coup de main pour ranger la table pendant que les petites vont se coucher, elle va embrasser Amandine et s'excuse même auprès de Clara pour ne pas l'avoir aidée à faire ses devoirs plus tôt.

Elle reste un peu avec moi, me dit qu'elle essaiera d'être plus aimable. On parle de l'adolescence et de tous les bouleversements que cela engendre, mais elle s'en défend. Je sais que parfois elle préférerait être ailleurs, mais elle est trop jeune pour voler de ses propres ailes. On discute encore un bon moment et je sens que je vais bientôt retrouver ma fille comme elle était avant, c'est une simple sensation, mais elle est perceptible.

***

La fin de semaine arrive à grands pas et Paul reste lointain, la distance s'accentue entre nous, peut-être qu'il ne sait pas comment revenir vers moi. La seule fois où il a voulu me parler je n'ai pas profité de l'occasion, maintenant il vit juste à côté de moi, il a de plus en plus de rendez-vous d'affaires et il rentre souvent tard.

Il est également désagréable avec les filles, je suis devenue complètement invisible lorsque je suis près de lui. Nous n'avons plus de relation intime, mais j'avoue que ça ne me manque pas, je n'ai jamais été très portée sur la chose… Je repense à mes rêves secrets… Comment savoir ? Paul est la seule et unique personne que j'aie connue. À quoi bon, il y aura sans doute plus de clarté un jour ou l'autre.

Je passe beaucoup de temps avec les filles, surtout les petites. Justine est de moins en moins sauvage et on a même fait une journée shopping toutes les deux, on avait laissé ses sœurs avec la baby-sitter qui les a emmenées au parc. On est rentrées épuisées d'avoir tant marché dans Paris. Toutes les quatre à la maison on a profité de cette soirée filles pour se faire des plateaux télé avec un bon film.

Paul arrive ce soir-là juste après que j'aie couché les petites, je suis à la cuisine en train de ranger la vaisselle et Justine file dans sa chambre en vitesse prétextant une fatigue soudaine. Elle a l'air de fuir son père, est-il toujours aussi dur avec elle ?

— Bonsoir, Sophie.

— Bonsoir, tu as passé une bonne soirée ?

— Très bonne, il faut que je te parle.

Tiens, tiens, tout arrive à qui sait attendre… que va-t-il me raconter cette fois ?

— J'ai vu ton père, Sophie.

— Comment ça, tu as vu mon père ?

— Il était présent à mon dîner d'affaires. En fait, mon client est un de ses amis, son père surtout, et ils sont venus ensemble au restaurant.

— Tout s'explique. Je suppose que vous aviez autre chose à traiter que d'histoires de famille ?

— Évidemment, mais pendant que ces messieurs sont sortis pour fumer une cigarette nous avons eu le temps de discuter.

— Je t'écoute, Paul, j'imagine que si tu veux me parler c'est que tu as des choses à dire.

— Et des questions à poser.

— Quel type de questions ?

— Il m'a dit que tu avais rencontré sa sœur, répond-il sèchement.

— C'est exact, avoué-je avec le plus d'aplomb possible.

— Sans leur en parler avant ! me rétorque-t-il.

— Je n'ai pas trouvé nécessaire de le faire. Je suis majeure, il me semble que j'ai le droit de voir les membres de ma famille !

— Non, Sophie, si cela porte préjudice à tes parents, tu ne le peux pas !

— Comment ça, préjudice ? Et quel préjudice ? Il s'agit de ma tante ! Pas d'un criminel sorti de prison !

— Ta tante est une femme qui a été mise à l'écart par tes parents pour de bonnes raisons !

— Sais-tu de quoi tu parles, Paul ? Que t'a dit mon père au sujet de Lucie ?

— Il m'a juste dit que c'est une personne qui a eu par le passé une vie de débauche et que pour la dignité de la famille, ils ont préféré l'exclure.

Je n'en reviens pas de ce qu'il avance !

— Et tu le crois sur parole ?

— Évidemment que je le crois, je ne me pose même pas la question !

— C'est dommage, car tu devrais. Veux-tu savoir de quoi j'ai parlé avec Lucie et pourquoi je suis allée la voir ?

— Pas vraiment, Sophie, depuis que tu es revenue de ces quelques jours tu es différente, je te l'ai déjà dit et j'espère que tu vas vite reprendre de sages habitudes, car je suis inquiet à ton sujet.

Encore une fois j'ai du mal à croire ce que j'entends. Vais-je devenir folle ? J'ai en face de moi mon mari, qui n'essaie même pas de me comprendre !

— Réfléchis à tout ça, Sophie, et tu verras que j'ai raison, lâche-t-il d'un ton narquois.

Il s'approche de moi, m'embrasse sur la joue et m'annonce qu'il est fatigué et va de ce pas se coucher.

Je suis figée dans la cuisine par ce que je viens de vivre, je m'assieds sur un des tabourets et reste là un temps infini. Je n'ai vraiment pas envie d'aller au lit et encore moins d'être près de lui à cet instant, le fossé se creuse encore plus avec cette conversation.

Je me réveille le lendemain matin sur le canapé avec un livre sur le ventre, Amandine s'installe près de moi et me fait un câlin.

— Tu as dormi là, maman ?

— Je me suis endormie avec mon livre, dis-je mentant à peine.

— C'est pas bien de pas dormir dans son lit, énonce-t-elle reproduisant une voix d'adulte.

Elle me décroche un sourire et je l'embrasse tendrement.

— Tu as raison ma chérie, je ne le ferai plus, déclaré-je d'un ton taquin.

Plus tard l'ensemble des filles savent que j'ai dormi sur le canapé et Justine ne fait aucune réflexion contrairement aux autres.

Paul, après être allé prendre un café dehors et acheter le journal, passe son dimanche dans son bureau.

Ce jour-là, je fais des crêpes et c'est un peu la fête dans la cuisine, Paul ne sort pas pour en chiper une alors qu'il les adore d'habitude. Les filles l'ont remarqué, Amandine a voulu en proposer une à son père qui a refusé et Justine a ajouté qu'il y en aurait plus pour elles.

19

La librairie est devenue mon havre de paix, être au milieu des livres me procure un sentiment de sérénité, tout ce dont j'ai besoin. La petite taille de l'établissement fait qu'il brasse une clientèle singulière de lecteurs avertis, à la recherche de quelques collections d'ouvrages qui ne se trouvent pas partout. Aurélie a su donner en plus une certaine originalité à cet endroit, sa verve et son dynamisme agrémentent le lieu de bonne humeur et de joie.

Elle a décidé de déménager quelques ouvrages, depuis ce matin nous nous croisons les bras chargés de livres afin de les installer sur d'autres étagères et de mettre certains d'entre eux en évidence.

C'est pendant une pause-café que je m'aperçois que mon téléphone affiche un nouveau message, un texto plus précisément, je ne peux sans doute cacher ma surprise vu le regard interrogatif d'Aurélie.

— Que se passe-t-il ? Une mauvaise nouvelle ? questionne-t-elle.

— C'est ma mère !

— Comment ça, ta mère ? Elle sait écrire des textos, rétorque-t-elle un peu moqueuse.

— C'est la première fois qu'elle m'en envoie un en tous les cas.

— Et il dit quoi ce texto ? m'interroge-t-elle en se penchant vers moi.

— Elle est avec mon père et ils m'invitent à déjeuner.

Nous restons silencieuses un instant.

— Où ça ? demande-t-elle curieuse et ironique.

— BB restaurant. Rue Blanche. Elle dit qu'ils ont choisi un lieu proche de la librairie pour m'arranger et propose de m'y retrouver pour treize heures.

— Ça va te changer de la Bocata, lâche Aurélie en riant.

— C'est certain !

— Tu as tout juste le temps de rejoindre ce restaurant, réplique-t-elle en regardant sa montre.

— Tu penses que je dois y aller ?

— Bien sûr que tu dois y aller, pour une fois qu'elle te tend la main, dans un resto plutôt sympa en plus ! D'après moi, tu devrais y aller, ils veulent sans doute te parler de Lucie, et tu en sauras un peu plus ?

— Je ne crois pas aux miracles, enfin, je verrai.

***

Je pars à pied en passant par les rues Massé et Jean-Baptiste Pigalle, j'y serai juste à l'heure, je sais qu'ils ne supportent pas que l'on soit en retard, ils ne pourront pas me le reprocher aujourd'hui, ça sera une remontrance que je n'entendrai pas.

Je traverse la rue de Rivoli, je me trouve en face du restaurant que je longe, il me semble être suivi du regard, étrange sensation.

J'entre et je demande la table de M. et Mme Delmas, le maître d'hôtel m'accompagne. Quand j'arrive près d'eux, mon père se lève et m'embrasse.

— Bonjour, père.

— Bonjour, Sophie, c'est bien que tu sois venue.

Ma mère reste assise, ce qui ne m'étonne pas, et me tend une joue.

— Bonjour, mère, lancé-je en posant une bise.

Elle ne dit rien.

Je m'installe en face d'eux sur une chaise avec toute l'assurance que j'espérais afficher, eux sont sur la banquette côte à côte ce qui me donne l'impression d'être au tribunal.

— Que me vaut cette invitation impromptue ? me risqué-je.

— Depuis ton séjour à Fontanges, nous n'avons pas eu l'occasion de nous voir, et puis nous n'étions pas très loin de la librairie où tu as l'air de passer le plus clair de ton temps ces derniers mois, il a été tout simplement naturel de te convier à notre déjeuner, confie mon père.

Ma mère n'a pas ouvert la bouche et ne me regarde que très brièvement, elle a cette attitude froide que je lui connais bien, elle est tendue comme un arc. L'avantage des endroits public est qu'elle ne pourra pas monter le ton, même si elle est désappointée, ce qui paraît être déjà le cas. Voilà un détail qui me plaît, j'en souris imperceptiblement.

— Quelque chose de drôle ? demande mon père en découvrant un rictus sur mon visage.

— Non rien, juste une pensée, m'empressé-je d'avancer.

Ma mère semble choquée par ce dernier échange et a l'air de plus en plus mal à l'aise, intérieurement, je la comprends vu ce que je sais maintenant.

— Nous devons parler, annonce-t-elle enfin sèchement.

— Nous allons commander et nous discuterons ensuite si tu veux bien, ajoute mon père en s'adressant à elle le plus calmement possible.

— J'ai l'impression que cette invitation n'est pas si anodine en fin de compte.

Mon père ne répond rien et m'incite du regard à choisir dans la carte ce que je veux manger, je n'ai pas faim et j'opte pour une salade la plus simple du menu qui est loin d'être banale.

— J'ai cru comprendre que tu ne travaillais pas tous les après-midis à la librairie ? m'interroge mon père.

— Vous êtes bien renseignés !

— Pourquoi ce ton impertinent, Sophie ? demande-t-il.

Le serveur vient de repartir de notre table nos commandes sur son bloc-notes.

— Vous tournez autour du pot depuis que je suis arrivée, que cherchez-vous à savoir en fin de compte ? Vous désirez connaître mon emploi du temps ou vous voulez me sortir les vers du nez ? Pour la première question, même si je ne retourne pas à la librairie tous les après-midis, j'ai tout de même des choses à faire et trois filles dont je dois m'occuper, ce qui n'est pas négligeable !

— Et un mari, rétorque ma mère toujours sèchement.

— Ah oui ! Un mari aussi, mais je te rassure, il sait prendre soin de lui tout seul, et de plus en plus même, balancé-je un tantinet irritée.

— Calme-toi, Sophie, enchaîne mon père.

— Je suis très calme, réponds-je. Pour la deuxième question, il serait plus simple d'aller droit au but ! Vous voulez que je vous parle de ma rencontre avec Lucie ?

Je vois la bouche de ma mère se tordre à l'annonce de son prénom, mon père baisse les yeux à son tour.

— Sophie, je savais qu'un jour ou l'autre tu te rapprocherais de Lucie, mais c'est une personne qui a profondément déçu nos parents… ajoute mon père.

— Et toi aussi apparemment ! coupé-je.

— Oui, moi aussi, répond-il.

L'arrivée du serveur impose un moment de silence, ma mère regarde ses mains, mon père a l'air de reprendre de la contenance et moi je me prépare à recevoir d'autres attaques du même genre. Je me demande jusqu'où ira cette discussion, je n'ai pas prévu de leur parler de tout ce que j'ai appris de Lucie. Et mon père, que connaît-il de l'histoire de ma mère avant son entrée dans la famille ? Je ne sais pas grand-chose de ce qu'elle a vécu avant son travail dans ce foyer. Finalement, j'aurais préféré être seule avec ma mère, j'aurais pu lui exposer les faits évoqués par Lucie, je l'aurais questionné et elle aurait été obligée de me répondre, enfin peut-être.

Le serveur quitte notre table et c'est ma mère qui prend la parole cette fois.

— Sophie, j'ai connu Lucie avant de rencontrer ton père.

— Je suis au courant, lancé-je.

— Lucie t'a peut-être relaté certaines histoires, mais notre réalité est différente de ce qu'elle a pu te raconter et c'est justement pour te préserver de tout cela que nous tenions à ce qu'elle reste en dehors de nous.

— Son récit m'a pourtant semblé assez simple…

— A-t-elle retracé les circonstances de son retour dans le Cantal ?

me demande ma mère.

— Non, et ça ne me regarde pas ! Pourquoi l'aurait-elle fait ?

Elle a changé de ton, elle est devenue très calme, presque posée, si bien que je trouve mon ton un peu exagéré.

— Je comprends, marmonne-t-elle, elle a sans doute omis certains passages de sa vie au profit d'autres.

— Que veux-tu dire par là ? questionné-je.

Elle baisse les yeux à nouveau et c'est mon père qui prend la parole.

— Lucie est rentrée en ambulance, elle était dans un semi-coma dû à l'absorption de fortes drogues, elle a été hospitalisée à Aurillac durant plusieurs mois.

J'agrandis mes yeux plus que la normale, ils sont en train de me dévoiler un passage difficile dans la vie de Lucie, ma tante.

— Quand ta maman a rencontré Lucie, elle avait déjà vécu des histoires pas très réjouissantes dans une communauté de saltimbanques, elle y est retournée en repartant d'ici et est arrivé ce que je viens de te décrire.

Je me tourne vers ma mère qui a levé son visage vers moi et me regarde.

— Tu valides cela ?

— Oui, répond-elle.

— Lucie m'a fait part de ses prises de drogues dans le passé, je ne savais pas pour l'ambulance et l'hospitalisation, avoué-je.

J'aurais préféré connaître ces détails de la bouche de Lucie, mais malheureusement, ils ne nous auront pas laissé le temps de le faire.

— Tu as rencontré Lucie dans un foyer mère-enfant, que faisais-tu là-bas ?

— Je travaillais comme infirmière.

— Je vois. Et pourquoi aurais-tu quitté cet emploi pour suivre Lucie jusqu'à Fontanges ?

— L'équipe avec laquelle j'œuvrais ne me convenait plus et je n'y trouvais plus ma place. J'avais aidé Lucie à se positionner dans le foyer, nous discutions de temps à autre et c'est tout naturellement qu'elle m'a proposé de l'accompagner lorsqu'elle a su que son père, ton grand-père, se mourait.

Son récit était précis et quasi identique à celui de Lucie, hormis la vraie raison du désaccord qu'elle avait eu avec les membres du foyer. Je décide de ne pas en parler, peut-être que mon père n'est pas au courant de ce détail.

— Donc tu as quitté ton travail et tu es rentrée avec Lucie ?

— J'ai pris le train avec elle et nous sommes arrivées ensemble dans la maison de tes grands-parents.

— Comment se fait-il que tu sois restée à la ferme ?

— Comme tu le sais, je n'avais plus de parents, mon oncle était décédé et ma tante ne cherchait pas à me revoir. J'ai accepté la proposition de ta grand-mère pour l'aide que je pouvais apporter à la ferme.

Mon père sourit en regardant ma mère comme s'il la sauvait pour la deuxième fois de sa famille mal aimante.

— Ton histoire correspond à celle de Lucie. Je veux bien que ma tante ait un passé un peu lourd bien qu'elle ne m'ait rien dit, toutefois, je ne crois pas que ce soit une vraie raison d'être exclue.

— Pour te préserver, lâche-t-elle en baissant les yeux vers son assiette.

— Ce que tu ne sais pas non plus c'est que Lucie a commencé à prendre des drogues moins dures, mais très tôt, durant son adolescence, ajoute mon père.

— Ça arrive à presque tous les jeunes de nos jours aujourd'hui !

— Ma sœur était particulièrement difficile. Elle quittait la maison pour un oui ou un non, s'engueulait souvent avec notre mère. Un jour, notre père est même allé la chercher au poste, car avec ses copains, ils avaient fait des bêtises un peu plus importantes que la normale.

Je suis perplexe, ils brossent un tableau très noir de Lucie alors que j'ai découvert une tante posée et pleine de bonté, je suis déstabilisée, je ne veux pas en entendre plus.

— Sophie, donne-toi le temps de la réflexion, nous n'avions pas d'autre raison de te tenir éloignée de Lucie si ce n'est le fait que c'est une personne déséquilibrée.

— Je ne l'ai pas trouvée déséquilibrée du tout, j'ai rencontré une femme plutôt bien dans sa vie, une vie simple et fluide.

Mes parents semblent nerveux. Cette discussion tourne autour de Lucie, je ne comprends pas cet acharnement.

— Je suis désolée, mais je dois vous laisser, j'ai promis à Amandine d'aller la chercher à l'école à quinze heures trente, et j'ai tout juste le temps d'attraper le métro et le RER pour y être.

— On peut te déposer, propose mon père.

— Non merci, et de toute façon, je n'y arriverai pas plus tôt.

— Comme tu veux.

Il se lève en même temps que moi, m'embrasse et m'annonce qu'il souhaite que nos échanges redeviennent normaux, il espère que nous pourrons nous retrouver pour déjeuner un dimanche tous ensemble, comme avant.

— Je verrai, père, je verrai, avancé-je simplement.

Ma mère ne s'est pas levée de son siège et semble attendre que j'aille vers elle, elle se comporte toujours en un être spécial qu'il faut traiter différemment. Aujourd'hui cela m'exaspère encore plus. Je décide de ne pas me plier à ses désirs cette fois et lui signifie fermement, mais posément, un au revoir du haut de ma personne sans me pencher vers elle pour l'embrasser, si elle veut un baiser de ma part, elle n'a qu'à se lever.

Je commence à partir lorsque mon père choqué par mon attitude me fait remarquer :

— Tu pourrais embrasser ta mère tout de même, Sophie.

— Étant donné qu'elle n'a pas pris la peine de se lever, je pensais qu'elle n'y tenait pas, lancé-je sans savoir si elle m'entend, car j'ai déjà fait au moins deux mètres vers la sortie.

Je quitte le restaurant les laissant plongés dans des réflexions profondes. Je veux m'échapper rapidement de l'énergie qu'ils dégagent et de leurs histoires pas sympathiques du tout.

20

Mon quotidien est monotone, depuis ce fameux matin où dans la salle de bains je m'étais trouvée différente, tout est devenu démesuré et j'ai le sentiment de ne pas être libérée de quoi que ce soit. Mes parents sont remontés contre moi, mon mari est de plus en plus distant. La vie était finalement plus simple avant… Je me demande si je ne regrette pas l'ancienne Sophie, celle qui ne savait pas, celle qui était juste là posée dans une vie de bonne mère de famille, de femme discrète qui assouvit les désirs de tout le monde, une Sophie retenue et souriante.

Qu'est-il arrivé en fin de compte à celle d'avant ? Y a-t-il eu un événement cosmique qui m'aurait changée du jour au lendemain ? Depuis ce jour, pourquoi ma vie ne me convient plus ? Et puis je me suis mise à faire ces rêves étranges, moi qui étais plutôt très réservée sur la sexualité. C'est comme si une force extérieure s'était emparée de moi et avait remplacé l'ancienne Sophie par une nouvelle. Mais je suis complètement perdue à cet instant. Les révélations de Lucie sur ma mère, celles de mes parents sur Lucie, je ne sais plus trop où j'en suis.

Le RER me transporte dans Paris où je vais un peu plus tard manipuler quelques livres, je me demande même ce qui m'a pris de m'investir autant dans cette librairie. Je me sens maussade ce matin.

Je lève les yeux et me mets à contempler les gens, peut-être que je dénicherai quelques distractions dans cette population matinale. Mais non, le monde est insipide… comme moi. Je trouve qu'ils se ressemblent tous, ils ne sourient pas, ne se regardent pas, ils sont seuls au milieu de tous, comme moi, isolée à cet instant. En jetant un œil par la fenêtre, je repense à cet homme qui lui m'avait regardé avec insistance et qui m'avait fait un léger signe de la tête en quittant le RER. C'est juste à ce moment-là que je me rends compte que je suis à l'arrêt Saint-Michel, je scrute les passagers qui descendent sur le quai en vérifiant parmi les visages si je perçois celui de cet inconnu. Les gens sont pressés et se bousculent, je n'arrive pas à observer tout le monde et je me dis que je ne le reverrai sans doute jamais, si ça se trouve, il n'a jamais existé et je l'ai peut-être rêvé lui aussi.

Je fais un arrêt à la poste pour Aurélie, j'y passe un temps infini tellement il y a foule, des individus peu patients, râleurs et même pas souriants, rien pour me remonter le moral. J'atteins la librairie qu'en fin de matinée et j'entre en traînant les pieds. La boutique est vide et Aurélie est plongée dans ses comptes.

— Bonjour, Sophie ! me lance-t-elle joviale. Il devait y avoir du monde à la poste.

— Bonjour, Aurélie, réponds-je sans entrain, oui, c'était bondé.

Elle vient jusqu'à moi pour me débarrasser d'un des colis que j'ai dans les bras.

— Oh tu ne m'as pas l'air en forme, toi ! s'exclame-t-elle en m'observant plus attentivement.

— Mouais ça pourrait aller mieux.

— Hop hop hop, on va se faire un petit extra. N'enlève pas ta veste, je prends la mienne et on file déjeuner.

Je jette un œil à ma montre.

— Il n'est pas l'heure de fermer, Aurélie !

— Aujourd'hui si ! Et regarde, réplique-t-elle en balayant la boutique des yeux, ça ne gênera personne.

Effectivement, on ne mettra personne dehors. Je me laisse donc faire. De toute façon, je suis incapable de riposter à quoi que ce soit.

Elle ferme la librairie en cinq minutes, écrit sur son ardoise accrochée à la porte vitrée « fermeture d'urgence, ouverture à 15 h » et elle me fait un clin d'œil en m'attrapant le bras et en filant sur le trottoir.

— Ça tombe bien, je voulais t'emmener dans un resto sympa depuis belle lurette, je crois que c'est le bon moment et comme c'est un peu loin, on aura le temps d'y aller.

— Je ne vais résister à rien et je suis d'accord pour me laisser faire.

— Je vois ça, on dirait qu'un semi-remorque t'a roulé dessus ! balance-t-elle en me regardant plus attentivement et en fermant la librairie.

— Mouais, qui sait, peut-être, réponds-je penaude.

Elle s'approche de moi en me prenant le bras et nous nous mettons en route.

— Ma chérie, que t'arrive-t-il ? Tu allais si bien ces temps-ci !

— C'est juste un passage à vide.

— Est-ce ton déjeuner avec tes parents qui est à l'origine de ça ? questionne-t-elle.

— Je ne sais pas, c'est possible. Ils m'ont raconté des choses tellement choquantes sur Lucie.

— Viens, on va attraper le bus, enchaîne-t-elle en pressant le pas. Tu veux dire sur le passé de Lucie ?

— Oui, c'est ça.

Nous discutons tout en grimpant dans le transport en commun.

— Et ils sont venus à deux pour te parler d'elle !

— Et ils n'y sont pas allés de main morte.

— Quoi qu'ils aient pu te dire, ça t'a bouleversée et tu as l'air d'avoir perdu toute l'énergie que tu avais juste avant ce déjeuner, j'espère que tu ne regrettes pas d'avoir fait la rencontre de Lucie tout de même ?

— Non bien sûr, mais j'avoue que tout était plus simple avant.

— Tu veux dire quand tu ne savais pas ?

— C'est ce que je veux dire.

Installées dans le bus sur une banquette, il y a peu de monde et on en profite pour continuer cette conversation.

— Les choses n'arrivent pas pour rien, Sophie. Si un beau matin tu t'es réveillée avec le besoin d'en savoir plus, c'est que c'était le bon moment, tu ne peux pas revenir en arrière et c'est tant mieux, car la Sophie d'aujourd'hui est lumineuse et je ne crois pas me tromper en avançant que celle d'hier était plutôt éteinte !

— Je ne sais plus trop où j'en suis en fait, mes parents m'ont dépeint une tante déséquilibrée avec un passé peu réjouissant, c'est comme s'ils voulaient me dégoûter d'elle.

— Tes parents t'ont complètement embrouillé la tête avec leurs salades. Crois-tu que Lucie t'ait menti ?

— Non. D'ailleurs, ma mère a validé le récit de Lucie sur le foyer et leur retour ensemble.

— Et l'histoire du garçon et de son père ?

— Ça, elle n'en a pas parlé, et je n'ai rien dit non plus, car je ne suis pas sûre que mon père soit au courant.

— Et ne penses-tu pas que ta mère aurait pu embrouiller ton père pour maintenir ta tante loin de vous au cas où elle raconterait des histoires à ne pas dévoiler ? Crois-tu que tes parents détiennent la vérité absolue ?

— Non. Je sais que Lucie avait d'autres choses à me dire sur elle, peut-être sur ma mère aussi. Je savais qu'elle avait été une enfant et une ado difficile, elle me l'a dit sans donner de détail. Je trouve dommage de l'apprendre de cette façon-là, si vraies soient-elles, de la bouche de mes parents.

— Tu ne sais plus trop où tu en es en fait.

— Je crois que c'est ça.

— Tu dois te faire confiance ma chérie, que ressens-tu au fond de toi ?

— J'ai apprécié de parler avec Lucie et pas du tout aimé le faire avec mes parents.

— Eh bien voilà ! Tu as tout dit.

— Comment ça ?

— Lucie t'a-t-elle paru dure dans ce qu'elle te racontait ?

— Pas le moins du monde.

— A-t-elle été agressive envers tes parents ?

— Elle a relaté des faits.

Le bus stoppe Place de Clichy, Aurélie se lève et me dit qu'on descend là.

— C'est tout ma chérie, ne cherche pas plus loin. Encore une fois, écoute ton cœur, il sait lui où est la vérité.

— C'est aussi simple que ça ?

— Bien sûr ! Pourquoi serait-ce si compliqué ? Je crois que tu as la chance d'avoir eu une révélation dans ta vie d'adulte, celle d'ouvrir les yeux sur ta vie un peu trop insipide, pourquoi la vie serait-elle méchante aujourd'hui avec toi ?

Cette discussion me met du baume au cœur, je ne comprends pas tout ce qu'elle me dit sur la méchanceté de la vie, mais ça me plaît et je suis déjà mieux, j'aurai le temps durant notre déjeuner de lui demander ce qu'elle entend par cette chance que j'ai eue.

— Toutefois, je reste persuadée que Lucie ne t'a pas tout révélé sur ta mère, j'ai de plus en plus la certitude qu'il manque plein de choses à son histoire.

— Qu'est-ce qui te fait penser cela ?

— La pression de tes parents dans leur récit, ils sont venus à deux pour t'affronter, et ils n'ont pas ménagé Lucie. Ta mère a vraiment peur que Lucie ne dévoile quelque chose sur son passé. Je ne sais pas comment elle s'y est prise, mais elle a dû embrouiller ton père pour qu'il se range à ses idées.

— On verra, de toute façon, j'ai l'intention de la rencontrer à nouveau, j'attends juste la possibilité de la voir, je crois que c'est important d'être en face d'elle pour lui parler.

— Je suis d'accord, avez-vous prévu une date ?

— Non pas du tout, et puis c'est tellement tendu en ce moment avec Paul que je pense temporiser un peu avant de retourner à Fontanges.

— Comme tu veux, mais plus vite tu sauras, plus vite tu avanceras.

— Dès que possible, j'irai la voir. Je sais qu'il lui arrive de venir dans la capitale, avec un peu de chance, ce sera pour bientôt.

— Oui, ça serait super. Et je me demandais si tu ne pourrais pas appeler ce foyer, il est possible qu'il reste un employé de l'époque ? On t'en dira peut-être plus sur cette histoire de garçon et le pourquoi du revirement de ta mère. Ce serait bien.

— C'est une bonne idée, il faudrait que j'aie le nom de ce centre. Finalement, je crois que je vais téléphoner à Lucie plus rapidement.

— Mais oui !

Nous arrivons Rue de Parme, où se trouve le restaurant le Vaisseau Vert. La devanture me plaît avec ses quelques tables sur la terrasse, quelques personnes y sont installées, il fait un temps printanier. Comme nous n'avons pas réservé, on nous place à l'intérieur.

La salle est tout aussi sympathique avec des recoins, même avec un peu de monde on a l'impression d'être seul. Aurélie connaît pas mal d'endroits partout dans Paris contrairement à moi qui n'y viens régulièrement que depuis que je fréquente la librairie. Avant ça, je n'étais pas une fervente des flâneries, mais ça change de plus en plus et il se trouve que j'aime beaucoup ça. J'en souris. Je suis tellement bien maintenant. Le contact d'Aurélie me fait vraiment beaucoup de bien, elle n'a pas étudié la psychologie, mais on pourrait le croire, chez elle, c'est inné, elle a beaucoup lu sur les questions existentielles et j'en profite un peu.

Elle me précède dans le restaurant et on choisit une table dans le fond.

Aurélie s'assied à côté de moi. Nous ne pouvons pas voir l'ensemble des clients et c'est parfait. On aura plus de tranquillité pour continuer notre conversation.

— Je ne viens pas souvent ici, c'est un peu loin de la librairie, mais j'adore leur cuisine et on n'y trouve quasiment aucun touriste. Surtout en semaine.

— Ça a l'air vraiment bien, comment as-tu connu cet endroit?

— C'est mon ex-petit ami qui fréquentait ce restaurant et c'est donc avec lui que j'y suis venue. Il m'a quittée pour une blonde pulpeuse, je crois, mais j'ai gardé la bonne adresse.

— Tu ne l'as jamais croisé ?

— Non et c'est tant mieux. Au début de notre séparation, je n'y venais plus et puis un jour, j'ai rencontré le patron dans la rue et dans la discussion il m'a dit ne plus l'avoir comme client. Alors, j'en ai profité pour revenir.

— Et si tu le revoyais maintenant, ça te ferait quelque chose ?

— Je ne sais pas, enfin je ne crois pas, car le temps qui passe me fait oublier, mais je ne suis pas pressée de faire cette expérience. Bon, assez parlé de moi, on est là pour continuer notre conversation à ton sujet.

— D'accord, mais on n'est pas obligé de toujours raconter mes histoires, ça doit commencer à te saouler.

— Tiens, voilà que tu parles comme moi, me dit-elle en gloussant, tu progresses.

Nous nous mettons à rire de bon cœur.

— On va commander parce que je crains qu'on reparte sans

manger si on continue à papoter.

— Tu as raison.

J'attrape le menu et opte pour le plat du jour, Aurélie me rejoint dans ce choix.

Aurélie me fait noter les questions à poser à Lucie lorsque je l'aurai au téléphone. Elle m'interroge plus précisément sur le personnage qu'elle est, et me remonte le moral rien qu'à être près de moi, elle me conforte dans ma décision de changer le quotidien monotone de ma vie.

Le temps passe vite quand on parle, notre déjeuner se termine par un moelleux au chocolat.

Aurélie appelle le serveur d'un seul coup et le presse de lui apporter l'addition. Elle devient silencieuse et fouille dans son sac à la recherche de je ne sais pas quoi.

— Tout va bien Aurélie ? risqué-je.

— On ne va pas tarder à retourner à la librairie tu devrais finir ton café, lance-t-elle ardemment.

— Bien sûr, lui réponds-je.

— Parfait. Le serveur arrive à notre table, elle s'empresse de lui donner sa carte de crédit et ajoute que nous sommes pressées.

— Excuse-moi, Aurélie, mais je te sens tendue depuis cinq minutes, aurais-je dit quelque chose qui t'aurait blessé ?

Aurélie lève la tête et me regarde fixement, elle prend une respiration et me dit :

— Pas le moins du monde, ma chérie, pas le moins du monde.

— Tu m'expliques ?

— C’est difficile.

— Mais encore… ?

— Je suis désolée, mais je crains que finalement cet endroit ne soit pas un si bon lieu pour toi.

— Que veux-tu dire ? Je le trouve charmant ce restaurant…

Avant que je ne finisse ma phrase, Aurélie jette un regard par-dessus mon épaule en se penchant légèrement et revient vers moi. Je suis attirée par ce qu’elle a vu et tente un coup d’œil.

— Attends, ne te retourne pas !

— Mais pourquoi ?

— Enfin, si, mais fais-le délicatement alors.

Je trouve son propos plus qu’étrange, que vais-je découvrir en me retournant ? Mon cœur se met à battre dans ma poitrine avec une sorte de peur qui me serre la gorge, mes mains sont moites d’un seul coup. Je croise le regard d’Aurélie plein d’empathie et tourne mon buste avec toute la lenteur dont je suis capable. J’observe le monde attablé autour de nous, des hommes, des femmes, des gens qui ont l’air de travailler dans des bureaux. Je ne remarque rien de particulier et me retourne vers Aurélie, sans rien lui dire elle comprend que je n’ai rien vu de spécial. Elle me précise l’endroit où je dois regarder : la table au fin fond de la salle. Je retente un coup d’œil, je vois deux personnes de profil, mon mari Paul et une mystérieuse brune.

— Au moins, ce n’est pas une blonde pulpeuse, me risqué-je.

— Non, c’est vrai, rétorque-t-elle en souriant un peu jaune. La connais-tu ?

— Pas le moins du monde.

— C’est peut-être une de ses collaboratrices, répond Aurélie.

— Mouais, je la trouve très proche de lui cette collaboratrice… balancé-je après avoir jeté un autre regard.

— Ou une de ses clientes, renchérit Aurélie.

— Peu importe ! Ce que je vois, c’est qu’il a l’air d’être familier avec cette femme, un peu comme il l’était avec moi il y a longtemps.

— Vous en êtes où côté intimité ?

— C’est le calme plat, enfin avec moi ! Ça n’a pas l’air de l’être pour tout le monde.

Je plonge mon nez dans mon café, Aurélie n’est plus très pressée de partir maintenant. Nous patientons le temps que Paul et cette femme s'en aillent. On ne se dit plus rien, on observe furtivement à tour de rôle, ce que nous voyons est sans équivoque.

Au bout de quelques minutes, ils quittent leur table. Je m’enfonce dans mon fauteuil. Par chance les dossiers des chaises sont hauts et je peux y camoufler mes cheveux roux qui m’auraient trahie.

La brune attend que Paul règle la note et dès que c’est fait, il la rejoint. Il met un bras autour de ses épaules et ils traversent la rue en riant. Ils ne se cachent même pas.

Aurélie reprend la parole avant moi.

— Comment te sens-tu ?

— Je n’en sais trop rien. Je crois que je n’arrive pas à prendre conscience de ce que je viens de voir.

— C’est malheureusement très clair.

— Ça l’est, mais ça me paraît… surréaliste.

— Pourquoi dis-tu cela ?

— Il prône tellement le respect de la famille, il me reproche la mauvaise relation que j'ai avec mes parents, il me fait remarquer que je sors du droit chemin, mais lui, il dépasse les bornes là, il est plus qu'insolent envers moi !

— Plutôt ! Il pourrait au moins être un peu discret !

— Ça devrait être un minimum, ajouté-je.

Aurélie en finissant sa phrase se lève et m'invite à en faire autant. Nous avons pris plus de temps que prévu et il faut tout de même ouvrir la librairie.

Sur le chemin nous sommes très silencieuses. Je marche mécaniquement, je suis complètement ailleurs, j'ai l'impression d'avoir reçu un coup de massue sur la tête.

— Je suis navrée, ma chérie, moi qui voulais te détendre un peu en t'emmenant dans ce restaurant, je crois que c'est loupé.

— Ne t'inquiète pas, autant que je sois au courant le plus tôt possible, gourde comme je suis, j'aurais pu vivre des années sans m'en rendre compte.

— Ne dis pas de pareilles bêtises, tu n'es pas gourde du tout.

— Mouais, enfin ça ne change pas grand-chose…

— Je suis tellement désolée…

La librairie est en vue et un client attend devant la porte.

— Zut, ça doit être le type qui m'a appelée ce matin, je l'avais oublié avec tout ça, lance Aurélie.

— Vas-y, ne t'inquiète pas pour moi, je peux marcher toute seule tout de même.

Aurélie presse le pas et je l'entends se confondre en excuses. Le monsieur a l'air un tantinet énervé d'avoir attendu, c'est vrai que nous avons presque une demi-heure de retard sur l'ouverture.

J'entre à mon tour dans la boutique. Aurélie me regarde et me fait une moue qui veut dire que l'individu n'est pas du genre facile. Je lui fais signe en retour que je vais vers l'espace de lecture me poser, je suis épuisée sans doute par ce que je viens de subir, car sinon, je n'ai pas vraiment de raison de l'être, ou enfin si avec le repas que j'ai essuyé avec mes parents. Décidément, j'ai vraiment l'impression de vivre un revers de médaille plutôt cruel ces temps-ci. Je suis complètement perdue, comment pourrai-je me sortir de tout ça ?

Aurélie arrive à ce moment.

— Sophie ! Tu vas bien ?

— Mais oui pourquoi ?

Je réalise qu'elle est à côté de moi et a l'air angoissée.

— Ça fait trois fois que je te pose cette question et comme tu ne me réponds pas je suis venue près de toi, tu m'inquiètes là !

— Je suis juste un peu sonnée.

— C'est normal, peut-être que tu devrais rentrer, Paul doit revenir tôt ce soir ?

— Il m'a dit ce matin de ne pas l'attendre, qu'il avait un dîner d'affaires et qu'il rentrerait tard.

— Tu m'étonnes…

Je souris machinalement à Aurélie, bien sûr, son « dîner d'affaires » risque d'être un rendez-vous avec cette brune.

— Tu as raison. En plus, je ne vais rien faire de bon cet après-midi et je crains d'inonder la boutique de mauvaises ondes, lancé-je ironiquement.

— Sophie ! Je ne te mets pas dehors, voyons.

— Je rigole, ne t'inquiète pas, je vais rentrer tout doucement et je vais me plonger dans un bain chaud.

— C'est une bonne idée. Puis-je te demander quelque chose ?

— Bien sûr.

— Appelle-moi plus tard, OK ? J'ai l'impression d'être un peu responsable de ce qui est arrivé tout à l'heure et j'aimerais que tu me dises comment tu vas. Tu le feras ?

— Si tu veux, mais tu n'es responsable de rien, ce n'est pas ta faute si mon mari est un… enfin s'il me trompe.

Aurélie me regarde stupéfaite. J'ai manqué de faire sortir de ma bouche un vilain mot, ça aurait été le premier… peut-être de ma vie.

— Hahaha, t'as failli LE dire ce mot !

Je me mets à rire et elle en fait autant. Le type qui est entré en même temps que nous nous jette un regard presque méchant. Je fais un signe à Aurélie et on pouffe encore plus.

Je prends ma veste et file vers la station de bus la plus proche. Je vais flâner dans les rues de Paris avant de rentrer, qui sait, j'y retrouverai peut-être Justine.

21

Finalement, j'opte pour regagner la maison directement, je me rends très vite compte que je n'ai aucune envie de croiser le regard des gens dans la rue. Mais le RER est comble en cette fin de semaine, le monde parle fort et les bousculades sont comme la cerise sur le gâteau. Le trajet me semble épouvantablement long.

Je suis encore plus éreintée en arrivant et le bain chaud que je m'étais promis me fait le plus grand bien.

Je pense à Paul, qu'est-ce qui a cloché ? Depuis combien de temps me trompe-t-il ? Je me remémore ma rencontre avec lui. Tout fut simple, on s'est connu sur les bancs du lycée, c'était le premier garçon qui s'intéressait à moi, le seul sans doute vu l'accoutrement que j'affichais, grâce à ma mère d'ailleurs, il ne fallait pas que je sois trop jolie. En y repensant, Paul a plu à mes parents, mais je crois qu'il avait tout fait pour ça, par amour pour moi ? Ou par amour pour mon statut ? Il avait un très bon parcours scolaire et se dirigeait vers des études de droit comme moi. Nos parents se sont appréciés bien qu'ils ne soient pas du même rang, mon père disait qu'il avait un avenir prometteur. À la fin de ses études, nous nous sommes tout naturellement mariés. Ma première grossesse est arrivée très vite, trop vite pour moi, je commençais à peine à envisager de travailler en tant qu'avocate. Ma mère s'était fortement opposée à un potentiel avortement que j'avais évoqué. Même Paul était d'accord pour remettre cette grossesse, mais il s'est rapidement rallié au désir de ma mère.

Paul est entré dans le cabinet d'un ami de mon père qu'il avait aidé dans sa création, mon père était avocat à cette époque. Ensuite, il est devenu magistrat et s'est éloigné d'eux. Paul travaille encore dans ce cabinet. Tout était merveilleux, une vie bien rangée, toute simple !

Je me demande aujourd'hui si je n'ai pas été trompée dès le départ par Paul, il s'est servi de ma famille pour arriver à la vie qu'il a maintenant, j'étais vraiment naïve, je le suis de moins en moins.

Je sors de mes réflexions en entendant Justine qui rentre, suivie des petites. Il est dix-sept heures quinze, l'heure habituelle. Elles sont surprises de me voir à la maison si tôt. Justine me parle d'un nouveau copain qu'elle vient de rencontrer, c'est la première fois qu'elle échange comme elle le fait, ça me réchauffe le cœur, peut-être a-t-elle senti que j'ai l'âme un peu fébrile ces temps-ci. Je me trouve mieux entourée de mes filles. On se décide pour un plateau télé avec chocolat chaud et biscuits en tous genres. Ils repassent « Le Château de ma mère » de Pagnol, exactement ce qu'il me faut, un film classique sans histoire d'amour romantico-compliquée !

Je me couche épuisée à une heure très avancée et je prends un relaxant pour être sûre de dormir d'un trait.

Je me réveille avec un mal de tête effroyable, mon lit est un champ de bataille, je ne me souviens pas avoir eu un sommeil agité et malgré cette migraine je suis assez reposée, c'est étrange comme sensation. En allant plus loin dans mes réflexions matinales je ne me rappelle pas avoir senti Paul près de moi et c'est tant mieux, car avec ce que je sais maintenant, je ne vois pas comment je pourrais passer la nuit à ses côtés, de quelle façon vais-je entamer cette conversation avec lui d'ailleurs ? Je n'ai pas envie de vivre une crise de couple et il faudrait que je lui parle sans que les filles soient là, je me trouve démunie et épuisée tout d'un coup.

Je me lève péniblement. Les petites sont installées sur le canapé avec un bol de céréales et devant des dessins animés. Je souris en les voyant, je m'approche d'elles et m'assieds à côté de Clara au bout de la méridienne, je suis tellement lasse, tellement perdue. Amandine se lève et vient m'enlacer de ses petits bras, elle reste un moment en se serrant fort contre moi, son cœur bat contre ma poitrine et cela me fait du bien. J'ai l'impression d'être un peu plus vivante. Clara pivote vers moi et m'embrasse en passant un bras autour de mon cou.

Elles se replongent dans leurs dessins animés et je tourne la tête vers la cuisine, je vois Gus allongé à l'entrée de la pièce qui me regarde avec des yeux pleins de compassion. Je pousse un soupir.

— Avez-vous vu votre père ? me risqué-je.

— Non, me dit Clara, je pensais qu'il dormait encore.

— Il a dû se lever tôt, présumé-je sans y croire.

Je préfère quitter le salon et m'éloigner avant de risquer de répondre à d'autres interrogations, les filles ont remarqué que depuis quelque temps il y a de l'électricité dans l'air entre leurs parents et Clara pose beaucoup de questions.

J'attrape mon téléphone qui m'annonce un message, un texto de Paul en fait. Il me dit à minuit et demi qu'il ne rentrera pas, car il doit travailler sur un dossier urgent et qu'il y passera tout son samedi, comme j'ai délaissé cet objet hier soir je n'en ai rien su et maintenant, je n'ai plus besoin de me poser de question quant à savoir s'il a dormi là ou pas. Je décide de ne pas répondre. Je me lève péniblement de mon tabouret et vais me faire du thé, je regarde la bouilloire chauffer mon eau, je suis désemparée, vide et froide. Que va-t-il advenir de ma vie, que pourrai-je faire pour que ça aille mieux ? Je suis perdue, je ne suis pas habituée à ce genre de scénario, moi la petite bourgeoise, ma vie facile est désormais de plus en plus décousue et part en vrac complètement.

Seule dans ma cuisine avec Gus qui me considère en coin je ne parviens pas à bouger, je suis tellement fatiguée à l'intérieur de moi. La journée s'annonce belle derrière la baie vitrée et moi je me sens moche et vieille d'un coup.

Justine arrive à son tour, elle me trouve assise sur mon siège en train de feuilleter un magazine, je l'entends lorsqu'elle est derrière moi.

— Bonjour, mam, me lance-t-elle.

— Bonjour, ma chérie, tu es matinale.

— Enfin si tu veux, il est onze heures quand même, répond-elle.

Je me tourne vers l'horloge murale et vois effectivement que les aiguilles affichent cette heure-là, je suis donc restée sur place plus de deux heures sans rien faire à part boire du thé, tourner les pages de ce magazine sans conviction, et regarder dehors. D'habitude j'aurais fait du ménage, une lessive, du repassage sans parler de rangement. Ce matin je suis un vrai zombi.

— Ne le prends pas mal, maman, mais t'as une sale gueule !

Je ne me vexe pas de cette réflexion ; si Paul avait été là il l'aurait grondée sur-le-champ, mais je n'en ai pas la force et elle a raison, je me sens vilaine aujourd'hui.

— Désolée mamam, s'empresse d'ajouter Justine, je n'aurais pas dû dire ça !

— Ce n'est pas grave et je suis d'accord, j'ai effectivement une sale tête ce matin, je n'ai pas très bien dormi.

— C'est à cause de papa ? demande-t-elle

— Non, pourquoi ?

— Je vois que ce n'est pas l'extase entre vous depuis quelque temps et comme il n'est pas rentré à la maison hier soir, je me dis que ça doit venir de ça.

— Il avait du travail en fait.

— Mouais tu parles d'un rendez-vous d'affaires ! lâche-t-elle énervée.

Une sueur froide me parcourt le corps en entendant cette réflexion. Moi qui ne voulais rien évoquer de ce que j'ai appris voilà que Justine a l'air de deviner ce qu'il en est. Ai-je été aussi crédule que cela ?

— Que veux-tu dire ?

Les petites sont toujours devant la télé et ne risquent pas de prêter attention à la conversation.

— Pardon, je n'avais pas envie de te brusquer, mais ça me fait rager de te voir comme ça, et puis il faut que tu saches que ton cher mari n'est pas forcément en rendez-vous d'affaires, surtout le soir.

— Je sais, avoué-je, histoire de paraître moins naïve, plus pour moi que pour elle d'ailleurs.

— Et tu ne fais rien ?

— Je l'ai appris hier seulement.

J'explique à Justine les circonstances de ma découverte.

— Mais toi tu as l'air d'être bien informée, comment ça se fait ?

— J'ai retrouvé des potes près de son bureau un jour et je l'ai vu avec une femme, une brune un peu plus jeune que toi il me semble, ils sortaient d'un bar bras dessus bras dessous en riant.

— Il ne t'a pas vue ?

— Non, pas pour l'instant.

— Comment ça pas pour l'instant ?

— Je mène l'enquête, répond-elle en ricanant.

— Tu mènes l'enquête ? Tu as autre chose à faire que faire des investigations sur les écarts conjugaux de ton père !

— En fait, c'est ma copine Émilie l'a vu en premier et on a décidé d'en savoir un peu plus avant de t'en parler.

— Et...?

— Eh bien voilà, on sait qu'il voit cette femme régulièrement depuis presque deux mois. On pense que c'est une cliente, car à ce moment-là on a vu papa avec d'autres juristes, ils gardaient leurs distances, mais plus tard on les a revus ensemble, il avait un bras autour de sa taille. Tu sais que papa me dépose souvent au lycée, et il n'est pas loin de son bureau donc, c'est assez facile pour moi. On ne fait quasiment pas de détour pour le surveiller à distance.

— Mouais… il serait bon que tu cesses toute inspection maintenant, je crois que j'en sais suffisamment pour aborder le sujet avec lui.

— C'est tant mieux parce que j'en ai assez de le voir roucouler avec une autre femme que toi, je le trouve pitoyable.

— Tu ne dois pas parler de ton père comme ça, je n'ai pas été très facile moi non plus ces derniers temps et je suppose que c'est la conséquence de ce qui arrive.

— Tu as trompé papa toi aussi ?

— Jamais de la vie ! Dans un couple, il n'y a pas que ce type de perturbations tout de même !

— Ah dommage, me rétorque-t-elle en s'esclaffant, ça lui aurait fait les pieds.

— Justine !

On se met à rire ensemble ce qui détend l'atmosphère pesante qu'ont installée ces révélations, c'est à ce moment-là que les petites arrivent dans la cuisine en nous demandant ce qui est si drôle.

— Rien mes chéries, des bêtises de grandes personnes.

Ainsi je clôture net toute explication à donner.

— Bon et si on allait se faire cette balade promise depuis longtemps, lance Justine, il fait un temps superbe en plus.

— Ouiii, répondent les petites en chœur.

— C'est une très bonne idée, réponds-je ragaillardie et on pourrait se manger une crêpe sur le retour.

— Ouiiii, crient-elles ensemble à nouveau et en sautillant sur place.

— Et moi je vais encore grossir, ronchonne Justine.

— Et elle va grossir… et son amoureux ne voudra plus d'elle… chantonne Clara…

— Allez vous habiller au lieu de dire n'importe quoi, rétorqué-je en riant.

L'après-midi est douce et joueuse, les petites courent dans tous les sens au même rythme que Gus, elles ramassent des tas de merveilles que je dois bien sûr porter. Justine se partage entre elles et moi et c'est avec beaucoup de délicatesse qu'elle échange avec nous toutes, j'ai l'impression de la retrouver un peu. Je me sens heureuse pour la première fois depuis longtemps et lorsque je les vois complices et pleines de vie je me dis que j'ai beaucoup de chance de les avoir, qu'elles sont vraiment ce que j'ai de plus précieux.

Nous rentrons éreintées de cette grande balade, le jour décline déjà.

C'est lorsque j'entends les petites crier de joie que je comprends que leur père est à la maison. Je l'avais presque oublié et me voilà brutalement de retour à la réalité. Justine prend ma main et la presse en passant et me glisse que je suis la meilleure. Elle grommelle un « b'soir papa » et part dans sa chambre.

Nous n'échangeons rien de précis, des questions vagues sur notre balade, les filles racontent comment Gus a fini dans la rivière voulant attraper une poule d'eau, les super bonnes crêpes sur le retour.

De mon côté, je file à la cuisine pour aller préparer le menu favori des filles, croque-monsieur sur un plateau télé. On a prévu de se louer un film et je ne dérogerai pas à ma promesse, Paul ou pas Paul.

Il vient me voir, il semble gêné et moi forte d'un coup. Je me dis que ce devrait être le moment des révélations. Il a l'air de tourner autour du pot. Justine passe à ce moment-là et évite la cuisine. Elle me lance un regard confiant et file vers le salon où les filles se trouvent, je l'entends se proposer pour commencer à chercher le meilleur film pour la soirée. Je sais qu'elle met en place une zone tampon pour me laisser un peu de temps avec son père, à moi de l'utiliser au mieux !

Je m'active à sortir les ingrédients pour les croque-monsieur, au moins je n'ai pas à réfléchir, sinon j'aurais fait n'importe quoi et sans aucun doute rien de mangeable.

Paul me propose un verre que j'accepte. Il gagne du temps, me dis-je. Je décide de me lancer, car sa lâcheté commence à prendre le dessus et ça m'exaspère au plus haut point.

— Aurais-tu quelque chose à me dire, Paul ?

— Euh… non qu'est-ce qui te fait penser ça ?

Tiens, il me répond par une question, je le trouve lamentable à cet instant.

— Tu es de moins en moins présent et je me dis que quelque chose change dans ta vie en ce moment.

Quelle belle perche je lui lance là, je suppose qu'il va la rattraper au vol, je me sens particulièrement calme et posée, je me surprends moi-même. J'imaginais être plus en colère face à lui.

— Non, je ne vois pas de quoi tu parles, aurais-tu toi des choses à me raconter ?

— À quel sujet ?

— Au sujet de tes parents par exemple ?

Je n'en crois pas mes oreilles, il retourne la situation à son avantage cherchant à me culpabiliser. Voilà une réplique bien masculine. Il me dégoûte.

— Aurais-tu eu un autre dîner d'affaires avec mon père ?

— Pas récemment.

— Même pas hier soir ?

— Non pas hier soir j'étais avec d'autres personnes. Peux-tu répondre à ma question, Sophie ? me demande-t-il exaspéré.

— Je n'ai pas avancé sur le sujet, pas pour l'instant tout du moins, mais les choses vont se décanter rapidement… les jours se suivent et ne se ressemblent pas, Paul.

— Quelle drôle de réponse ! Enfin si tu le prends comme ça, c'est ton droit, mais sache que cela ne me plaît pas.

C'est un comble ! Je commence à bouillir, voilà qu'il m'attaque maintenant sur ma relation familiale alors que lui est en plein adultère. Je fulmine.

— Elle est jolie ! Comment se nomme-t-elle ?

— De quoi parles-tu, Sophie ?

— De la brune qui a l'air de pas mal t'occuper en ce moment, lui lancé-je complètement énervée.

Il détourne le regard de moi et fait mine de se resservir du vin alors que son verre n'est pas vide.

— Tu dis n'importe quoi, Sophie, il n'y a pas de brune comme tu as l'air de le penser.

— Ne joue pas à ce jeu-là avec moi, Paul, je ne te le conseille pas, car tu vas t'enfoncer encore plus.

Il ne répond pas, il me regarde maintenant sans rien dire mi-agressif, mi-hésitant.

— Tu as l'air de prôner la rigueur de l'entente familiale. Tu te positionnes comment face à tes écarts conjugaux ?

— Je ne suis pas ton fils, Sophie, tu n'as pas le droit de me parler comme tu le fais !

— Ah non et heureusement pour toi, car je t'aurais giflé si c'était le cas. Mais je te rappelle que je suis ta femme et que l'adultère n'est pas une pratique autorisée au sein du couple.

— Tu dis les choses sans savoir, Sophie… j'ai beaucoup de clientes brunes avec qui je déjeune.

— Je ne t'avais pas parlé de déjeuner, mais tu as raison ! JE T'AI VU au restaurant le Vaisseau Vert hier, je m'y trouvais avec Aurélie, tu vois ce n'est pas si vieux.

— J'étais avec une cliente.

— Arrête, Paul ! crié-je maintenant.

Les filles entendent notre conversation bruyante et Amandine vient dans la cuisine malgré l'insistance de Justine à la garder près d'elle.

— Pourquoi vous vous disputez ? nous demande-t-elle.

— C'est rien ma chérie, me défends-je, tu sais, quelquefois les parents ça se querelle, ça arrive.

Elle nous regarde tour à tour sans savoir ce qu'elle doit penser. Justine l'appelle à nouveau cherchant son attention dans le jeu qu'elles ont commencé pour patienter avant le visionnage de notre film.

— Va, ma chérie, ne t'inquiète pas.

— Oui, ma puce, va avec tes sœurs et puis c'est une conversation d'adultes, enchaîne Paul.

J'attends qu'Amandine quitte la cuisine. Paul veut fermer la porte, je l'en empêche.

— Laisse tomber la porte, Paul, j'ai presque fini.

— Pas moi.

— Mais ça je m'en fous complètement ! Je t'ai vu avec cette femme, je ne dis pas que ce n'est pas une cliente, mais de ce que j'ai vu ça ne ressemble en rien à une relation d'affaires.

Il veut intervenir, mais je lui coupe la parole.

— Tu vas me laisser terminer, pour une fois, c'est moi qui parle ! Alors quand on sort d'un restaurant bras dessus bras dessous en riant, qu'on se tient la main ça veut bien dire ce que ça veut dire !

— Un écart, ça arrive.

— Tu comptes t'en sortir avec ça ? Tu plaisantes ! Un écart qui dure depuis deux mois ce n'est pas un écart !

— Et alors ! Elle est souriante elle au moins ! Tu as changé Sophie, tu n'es plus la femme que j'ai épousée et il y a cette histoire avec tes parents…

— Tu te fous de ma gueule ? hurlé-je.

J'entends Justine pouffer de loin, Paul entreprend de la réprimander.

— Je ne te le conseille pas, Paul ! lui dis-je avant qu'il n'aille plus loin.

— Mais elle me doit le respect.

— Je rêve ! C'est toi qui parles de respect ? Sache que ta fille qui te doit le respect comme tu dis, voit son père régulièrement avec une autre femme que sa mère ! Alors ton respect, tu peux te le mettre ou je pense !

Paul sort de la cuisine et file dans la direction de son bureau.

Je fulmine, un tremblement parcourt mon corps et je me mets à pleurer intensément. Les filles sont autour de moi en deux secondes et m'enlacent, Justine essuie mes larmes, Clara et Amandine me disent qu'elles m'aiment.

— C'est rien mes chéries, c'est rien, ça va passer.

Justine se détache de moi et sort les croque-monsieur du four.

— À table ! dit-elle en voulant remonter le moral des troupes.

— Oui, on va les manger ces croque-monsieur, et regarder un bon film aussi.

Elles ont choisi de voir « Les visiteurs » un classique qui va toutes nous détendre.

Paul revient à la cuisine avant que je quitte l'espace.

— Je te conseille d'être bien défendu, car je t'assure que mon avocat est le meilleur sur la place, rétorqué-je. Et trouve-toi un toit pour y passer tes nuits, je ne veux plus te voir ici.

Il retourne dans son bureau, va dans la chambre, ressort avec quelques affaires, embrasse Amandine et Clara en passant devant le salon, Justine reste très distante, il leur dit qu'il les verra très vite.

Les filles ne me posent pas plus de questions et on se cale toutes les unes contre les autres pour regarder notre film.

Le dimanche se déroule sans heurt, pas de nouvelles de Paul, je n'en prends pas, les filles ne demandent rien. On passe la journée à vaquer à nos occupations respectives, ménage et rangement pour moi, devoirs pour les filles.

En fin de soirée, Paul téléphone et me dit qu'il viendra le lendemain lorsque je ne serai pas là pour récupérer quelques affaires, sa voix est monocorde.

Je raccroche et me mets à nouveau à pleurer. Ma vie prend une drôle d'allure ; d'abord ma rencontre avec Lucie, mes différends avec mes parents et voilà que maintenant mon mari me trompe et a l'air de rester sur cette position. Il n'a même pas essayé de sauver notre couple, sans doute est-ce fini depuis pas mal de temps comme je le supposais. Il suit les traces de son ami Rémy, ce n'est peut-être pas la première fois.

Je repense à Rosie qui m'a parlé du livre sur l'adultère, a-t-elle des antennes ? J'attrape mon portable et remarque que je n'ai pas répondu à Aurélie, je lui renvoie un texto sur-le-champ en lui disant que j'ai du nouveau à lui raconter. Je repose le téléphone sans entrain, inerte, comme insensible à ce que je suis en train de vivre.

22

La vie continue et s'est installée sans Paul dans notre quotidien. Aurélie est devenue une vraie âme sœur confidente et même mère parfois, nous partageons de plus en plus de temps ensemble en dehors de la librairie, elle me soutient et trouve toujours un moment pour m'écouter.

Aurélie tente de m'entraîner dans des soirées avec ses amis, mais je refuse la plupart des occasions, je ne me sens pas le cœur festif. J'ai besoin de temps pour me retrouver avant de faire entrer de nouvelles têtes dans mon entourage. La présence des filles m'apaise, me rassure et m'équilibre aussi, je suis leur pilier et elles sont le mien.

De son côté, Paul a loué un appartement près de son bureau, suffisamment grand pour y recevoir les filles. Nous avons convenu qu'ils les prendraient un week-end sur deux et la moitié des vacances. Il ne tient pas toujours ses engagements, mais ça ne me dérange pas. Aurélie me conseille de profiter de ces moments sans les filles pour sortir et voir du monde et quand Paul ne les prend pas, c'est une opportunité de moins pour rencontrer l'homme parfait. Je lui réponds que je suis loin de penser à remplacer Paul et que je suis heureuse comme ça, les filles et moi. J'ai l'impression de toute façon de n'intéresser personne, je suis seulement une mère. Aurélie me bouscule en me lâchant que parfois je ressemble à une vieille fille. Le week-end dernier, elle m'a poussée dans ses boutiques préférées et a choisi pour moi de nouvelles tenues, plus colorées, plus moulantes, plus actuelles. Les filles ont adoré cette transformation, et Aurélie grimace si j'arrive à la librairie avec mes anciens vêtements. Au début je me suis un peu rebellée contre sa détermination à modifier ma garde-robe. Puis j'ai laissé faire et accepté de lui faire confiance, je ne suis pas déçue. J'ai l'impression que ça va avec mon changement de personnalité, vu la réaction des filles, je suis confortée dans ses choix.

Devrais-je commencer une nouvelle vie ? J'ai encore beaucoup de choses à régler dans la précédente. Je n'ai pas voulu rappeler Lucie comme je l'avais prévu. Les histoires que m'ont racontées mes parents m'ont vraiment bouleversée. J'ai dû me lancer dans le divorce qui n'a pas trop avancé. Mon père s'en est bien sûr occupé puisque mon avocat est l'un de ses anciens associés, un des meilleurs. Il pensait au début que les écarts de Paul allaient se terminer et que nous retrouverions une vie de famille normale, Paul a joué de cela même si je disais à mon père qu'il n'en était rien, lui préférait le croire. Jusqu'au jour où il s'est rendu à l'évidence que Paul ne prenait pas le chemin d'un retour vers son foyer, il a dû admettre que j'avais raison.

Mon père et moi avons eu une conversation fluide autour d'un thé, il m'a exprimé son trouble et son incompréhension, par bonheur il n'a pas rejeté la faute sur moi. Il m'a assuré de son soutien dans cette épreuve et s'est rangé de mon côté. Il a profité de cette entrevue, détendue, pour me rappeler de venir voir ma mère et de tenter d'apaiser nos échanges. Nos réunions familiales dominicales leur manquent beaucoup a-t-il ajouté. Je lui promets d'y réfléchir et peut-être de trouver une date pour au moins passer prendre le thé avec les filles, pour commencer.

Il part plus serein après notre rencontre. Il me garantit une procédure de divorce rapide de laquelle Paul ne sortira pas indemne. Je suis surtout d'accord pour que la dissolution de notre mariage soit prononcée dans les plus brefs délais, je n'ai pas envie d'y revenir sans cesse, et ce durant des mois, voire des années.

Le RER arrive à mon arrêt et je recouvre mes esprits en descendant sur le quai. Une fois à l'air libre, la chaleur me surprend, les rues sont quasiment désertes, les habitués trop pressés, tout ce monde parisien est remplacé par de nombreux touristes, beaucoup de Japonais avec une carte à la main cherchant une direction, un lieu. J'ai choisi de rester à la librairie durant tout l'été, Aurélie a des rendez-vous littéraires importants à préparer et a opté pour demeurer ouverte, le chiffre d'affaires de l'année n'a pas été formidable donc raison de plus pour y être et ne pas fermer.

Les petites vont partir à Fontanges le mois prochain, elles sont ravies, Clara en profitera pour refaire un stage de cheval et Amandine retrouvera son ami Anthony. Je n'ai pas prévu d'y aller, d'autant plus que je pense voir Lucie dans la capitale, elle m'a envoyé un texto me disant qu'elle allait venir courant août et qu'elle aimerait me revoir, et me parler d'autre chose la concernant. J'ai répondu que j'en serais heureuse bien sûr, je me doute qu'on échangera un peu sur ce que mes parents m'ont raconté à son sujet. Sinon j'en profiterai pour la questionner, au moins, j'aurai sa version. Pour l'instant, je n'ai pas trop de nouvelles, mais nous ne sommes que début juillet.

Justine quant à elle a choisi de rester à Paris, elle naviguera entre la maison et l'appartement de son père. Je n'ai pas très envie de la voir aller et venir sans jamais savoir où elle sera, d'autant que je ne compte pas avoir de contact avec Paul, et devoir le solliciter pour être au courant d'où se trouve notre aînée ne m'enchante pas. J'ai eu une discussion avec Justine et lui ai fait promettre de me rassurer si je la questionne, et de me répondre sans tarder. Elle sait que je ne suis pas emballée de devoir m'adresser à son père, elle a accepté tout de go. La procédure de divorce est remise à la rentrée, mais mon avocat a déjà fait passer un projet à celui de Paul. Je suppose qu'il n'en est pas très heureux.

J'arrive à la librairie perdue dans mes pensées. Aurélie profite du calme pour prendre de nouveaux contacts et préparer ses futures rencontres avec les éditeurs avant le départ en vacances de certains.

J'ai prévu de rentrer tôt et je ne resterai là que la matinée. La fin de l'année scolaire s'annonce et Amandine a une représentation à son école, je lui ai promis d'y être. Son père a été prévenu, mais j'espère qu'il ne viendra pas. J'en suis désolée pour Amandine, mais je ne suis pas prête à l'affronter sur le sujet du divorce or je suis presque sûre que s'il me voit, il ne pourra pas s'en empêcher, donc s'il est présent je devrais user de stratégie afin qu'il n'ait pas la possibilité de me parler. J'ai l'idée lumineuse d'inviter mes parents d'autant qu'ils seront ravis de voir leur petite-fille et cela me permettra de rétablir le lien comme je l'ai promis à mon père.

Aurélie arrive près de moi, elle me propose un café. Rosie est là aussi, elle est plongée dans une œuvre de Marguerite Duras.

— Est-ce « L'Amant » que vous lisez, Rosie ?

N'ayant pu voir que le nom de l'auteur sur la tranche du livre et à la distance où je me trouve, je suis assez heureuse de pouvoir citer un titre de cet auteur d'ailleurs.

— Non, me dit-elle, as-tu lu « L'Amant » ?

— Aurélie m'y a presque obligée, réponds-je en riant.

— Elle a bien fait, cette histoire est tellement particulière et belle. Là, je lis « Barrage contre le Pacifique ».

Elle me regarde en parlant de ce roman.

— Je ne connais pas celui-là, Rosie.

— On dit qu'il y a une forme d'inceste dans cet ouvrage, lâche-t-elle.

— Je ne le savais pas, lancé-je, heurté par ce que je viens d'entendre.

Aurélie me fait un clin d'œil et semble ne pas comprendre plus que moi. Rosie reprend sa lecture en buvant son café, et ne fait quasiment plus attention à nous, elle est complètement absorbée par ce nouveau livre.

Aurélie me sourit en voyant la scène et me conseille de ne pas m'attarder sur ses propos.

Quel personnage étrange cette Rosie ! Il n'y a pas si longtemps elle me parlait d'un livre sur l'adultère et maintenant sur l'inceste !

— Sophie ! m'appelle Aurélie.

— Oui, rétorqué-je en tournant la tête vers elle, je n'ai pas remarqué qu'elle s'était levée pour répondre au téléphone.

— C'est pour toi !

Ma mère, qui n'arrivait pas à me joindre sur mon portable, me téléphone à la librairie. Elle est ravie de venir voir le spectacle d'Amandine, elle m'annonce que mon père n'est pas disponible, mais qu'il fera son possible pour être présent avant la fin, et que nous pourrions y aller ensemble. À quoi bon refuser, j'accepte et du coup je vais rester plus longtemps ici, j'irai ensuite chez mes parents, nous irons toutes les deux en taxi rejoindre Amandine. Mon père a aussi proposé de se retrouver plus tard chez moi avec les filles ainsi nous pourrons peaufiner les préparatifs des prochaines vacances.

Eh bien je trouve que ça va un peu vite, mais j'y consens, me disant que je mettrai encore plus de distance entre Paul et moi. Je suis certaine que Paul sait que mon père suit le dossier de divorce de mon avocat et de toute la procédure, il ne se risquera pas de l'approcher, se contentera sans doute d'un bonjour de courtoisie tout au plus.

Aurélie est dans ses livres de comptes lorsque je quitte la librairie.

Finalement je me sens mieux que je ne le craignais à l'idée d'aller chez mes parents. Ai-je peut-être repris un semblant de chemin de vie ? Je me pose de drôles de questions, ou alors c'est que je ne ressens plus rien, ou que la folie me gagne de plus en plus.

***

Paul ne vient pas à la représentation de sa fille, il ne s'excuse pas non plus. J'en suis désolée pour Amandine, j'ai usé de stratégie pour ne pas l'affronter en invitant mes parents, mais du coup, c'est Amandine qui en paye le prix.

Plus tard il m'envoie un texto pour pardonner son absence auprès de sa fille et me fait passer un message pour elle. Il lui dit qu'il a commandé le film du spectacle et qu'il la prendra à la sortie de l'école le lendemain pour se rattraper. Elle en est heureuse, et moi aussi pour elle.

Elle va se coucher ravie. Je reste un moment à la cuisine seule avec Gus. Mes parents sont partis tôt, ils ont des obligations tôt dans la matinée. C'est bien comme ça, je ne me sens pas encore prête à passer beaucoup de temps avec eux. Les quelques précisions faites sur les prochaines vacances, ils ont pris congé. J'ai eu l'impression aussi qu'ils voulaient me soulager dans mon actuelle vie de mère célibataire, je me suis laissé faire.

Je réfléchis à ce quotidien, tout ce que je vis, je me concentre sur mes émotions, je revois tous mes moments de vie depuis le départ de Paul. Aurélie m'a suggéré de ne pas attendre l'arrivée de Lucie pour appeler ce foyer mère-enfant à Nice et de tenter d'en savoir plus sur le changement d'humeur de ma mère et ce qui l'avait décidé à partir avec Lucie.

Je note dans un coin de le faire dès que les filles seront en route pour l'école.

***

Amandine part avec Clara à l'école ce qui me laisse le temps de passer ce coup de fil.

J'ai trouvé hier soir plusieurs numéros de téléphone qui m'ont l'air de correspondre à des foyers d'accueil à Nice, je compose le premier, je vais voir.

Une sonnerie, une deuxième, puis trois…

— Allô !

Je tombe sur une dame à qui je donne tout de suite mon identité, un peu dans l'urgence et sans même demander si je m'adresse à la bonne personne. Sa voix est claire, elle semble avoir une certaine responsabilité dans le foyer.

— Ma mère, Francelyne Delannoy a peut-être travaillé chez vous jusqu'en mai mille neuf cent soixante-seize, elle était infirmière.

— Oui, je vous écoute.

— Je voulais déjà savoir si vous pensiez qu'elle était dans votre établissement et si vous l'aviez connue.

— Oui il me semble que oui, ce nom me dit quelque chose, en soixante-seize j'étais une simple employée de ménage.

Bingo ! Quel jour de chance !

— Et vous souvenez-vous d'un enfant qui était là ?

— Vous plaisantez, j'espère ?

— Non pourquoi ?

— Enfin madame, vous devez vous imaginer qu'il y a ici pas mal d'enfants non ?

— Excusez-moi, j'ai oublié l'essentiel. Il y avait à ce moment-là aussi un petit garçon âgé de deux ans environ, il était seul dans le centre.

Je fais une pause, mais la dame ne me dit rien.

— Je veux dire qu'il n'avait pas de mère avec lui. Son père venait le voir de temps en temps, je ne connais rien au sujet de sa mère biologique par contre.

— Et que voulez-vous savoir au juste ?

— Ma mère a démissionné et a filé avec une autre employée dans le courant de ce mois de mai, elle avait été choquée par le départ précipité de cet enfant, à la suite de quoi son humeur a changé et son entente est devenue mauvaise avec les membres du foyer.

— C'est possible, mais ça ne me dit pas ce que vous voulez.

— Le départ de cet enfant l'a perturbée au point de lui faire quitter les lieux, je cherche à en connaître la raison.

— Je me souviens de cette histoire, elle avait réussi à mettre une tension constante dans le foyer, elle voulait absolument savoir où était l'enfant, et je préfère vous avertir tout de suite : l'information est toujours confidentielle, je ne vous révélerai rien de plus aujourd'hui.

— Je ne veux pas savoir cela, je veux juste savoir pourquoi.

— Il me semble que votre mère était tombée amoureuse du papa de cet enfant, c'est surtout lui finalement qui avait dû la perturber, plus que l'enfant. Enfin c'est le bruit qui courait dans le service, mais vu les instants qu'ils passaient ensemble, c'était plausible.

— Je comprends mieux pourquoi elle avait tant changé d'humeur, et je la reconnais bien.

— C'est tout ce que vous vouliez savoir ? Parce que j'ai du travail.

— Oui, excusez-moi d'avoir pris de votre temps. Merci infiniment, je ne vous ennuie pas plus.

La conversation s'est arrêtée comme elle avait commencé. Je suis perplexe. Contente quand même d'avoir une explication. Ma mère amoureuse… avant mon père… Si ça se trouve, elle aurait pu avoir une vie totalement différente si cet homme ne s'était pas enfui avec son fils. Pourquoi cette information était-elle ignorée ? Elle n'est pas si tragique ? Mais connaissant ma mère, ce fameux rang à tenir, je me doute que ce n'est pas convenable pour elle, elle aura donc préféré garder ce renseignement secret, comme la raison de son hospitalisation d'ailleurs.

En fin de compte je ne suis pas tellement plus avancée. J'attendrai de revoir Lucie pour tenter de démêler tout ça, je me demande ce qu'elle en pensera, si elle ne sait rien de plus, à toutes les deux on trouvera peut-être une autre piste.

J'attrape le RER, perdue dans mes réflexions. Tout me déstabilise, j'avance, mais mon existence s'enlise dans une pseudo-vie de mère célibataire travaillant pour user le temps. Tout de ce que j'ai vécu ces derniers mois avant la séparation avec Paul semble loin et ces informations ne m'aident en rien. Je n'ai aucune motivation hormis mes filles et la librairie, c'est ce que je perçois à cet instant.

***

Aurélie me bouscule entre deux rangements ou deux coups de fil. Elle me met dans les mains des livres sur le développement personnel et me demande régulièrement où j'en suis et ce que je comprends, cette période de l'été est une vraie thérapie au quotidien. Elle me pousse toujours plus loin dans mes recherches, elle m'envoie aussi chez une psychothérapeute qu'elle connaît et qui lui a permis de reprendre confiance en elle, rien à voir avec une psychologue classique, ce qui me va très bien, car je n'ai aucune envie de raconter mes malheurs à une parfaite inconnue, Aurélie a déjà ce rôle et son oreille me convient parfaitement. Cette nouvelle personne est presque voisine de la librairie, par chance, elle est là durant l'été, elle n'a que peu de rendez-vous et accepte de me prendre rapidement. Elle s'appelle Émilie, elle est plus âgée que nous, d'un tempérament calme, posé et rassurant. Elle me fait mettre le doigt sur des blocages liés à mon enfance, elle me dit aussi que je porte un passé lourd malgré moi dans mes gènes et du coup je repense à Lucie que je dois revoir bientôt. Émilie me dit qu'elle n'a pas toutes les réponses, que je dois les trouver moi-même. Ce qui est certain c'est que je ne suis pas folle, au contraire, et que je suis comme une chrysalide, je vais sortir de mon cocon et révéler ma vraie nature. Rien n'est parfaitement clair, mais elle a ouvert une avenue devant moi que j'ai maintenant envie de découvrir. Émilie m'envoie chez une énergéticienne afin de m'aider à retrouver un équilibre dans mes forces intérieures. Je ne comprends pas tout, mais je me sens mieux, j'ai plus confiance en moi et je suis plus joyeuse aussi. Si tout devait s'arrêter là, ça m'irait déjà bien, je n'ai peut-être pas besoin de bien plus finalement.

***

À la librairie, mon téléphone sonne. C'est un numéro que je ne connais pas. Je prends un peu de distance en allant dans le coin lecture actuellement désert et réponds. J'entends et reconnais tout de suite la voix de Lucie. Elle ne veut pas me déranger dans ma journée, mais m'avoue qu'elle se trouve dans la capitale. On convient de se retrouver le soir même. Elle me donne l'adresse d'un petit restaurant près de là où elle loge. J'ai juste le temps de le noter avant de raccrocher.

Aurélie m'interroge du regard.

— C'était Lucie, réponds-je de loin et dans un murmure pour ne pas gêner les clients.

Elle me fait un signe de pouce levé et je me dirige maintenant vers elle en frôlant un monsieur trop imposant pour les passages étroits de la librairie. Quand je suis près d'elle, Aurélie me questionne et me demande des précisions sur notre conversation.

— On ne s'est rien dit, il y avait du bruit autour d'elle et on a convenu de se voir ce soir dans un restaurant.

— C'est bien. Vous allez être tranquilles toutes les deux pour parler du passé.

— J'imagine qu'on va en discuter, et d'elle aussi, pour élucider ce que mes parents m'ont révélé.

— Bien sûr. Tu ne penses pas qu'elle puisse ne rien te dire ?

— Je ne crois pas, elle m'avait justement dit qu'elle voulait revenir sur certains points de sa vie.

— Super, comptes-tu la questionner sur ta mère ?

— Évidemment, mais je vais la laisser venir doucement d'abord, je ne vais pas lui sauter dessus avec toutes mes interrogations dès que je la verrai…

— Non pas tout de suite, répond-elle ironique.

— Aurélie enfin ! grondé-je gentiment.

— Tu retrouves un peu d'humour, c'est chouette ! rétorque-t-elle toute guillerette.

Je la regarde me faire son numéro de cirque en pleine librairie alors qu'il y a encore du monde. Je jette un œil autour de moi et seul le monsieur imposant demeure, il a l'air très absorbé par ses recherches de livres et ne s'occupe pas du tout de nous.

— Tu es incroyable ! lancé-je à mon tour.

— Ben oui, je sais, s'esclaffe-t-elle. N'empêche que j'avais raison !

— Sur quoi ?

— Sur le fait que cette thérapie chasserait les nuages sombres de ton ciel !

— Oui c'est vrai, tu avais raison.

— J'ai bien fait d'insister.

— Tu as bien fait, c'est vrai, mais tu es une bonne thérapeute toi aussi.

— Moi, je suis une amie, ma chérie, juste une amie. Les thérapeutes c'est des pros et ils savent des tas de trucs que je ne sais pas.

— OK, OK, tu marques plein de points, lancé-je en lâchant l'affaire tout simplement.

Aurélie file vers la caisse, car le client imposant vient de finir son choix de livres.

Je m'apprête à quitter la librairie et regarde mon plan avant de me lancer dans la rue pour aller au restaurant où Lucie m'a donné rendez-vous.

23

Il fait chaud, mais il y a un brin d'air agréable et je choisis de quitter le métro plus tôt pour profiter de cette brise. Je marche tranquillement, je me remémore la longue conversation que j'ai eue avec Lucie l'hiver dernier, il s'est passé tellement de choses depuis que j'ai l'impression d'avoir vécu une autre vie, d'être même une autre personne. Je me demande presque si cette rencontre est bienvenue. Je retrouve à peine une relation avec mes parents, est-ce bien le moment en fin de compte ?

D'un autre côté, je préfère l'histoire de Lucie que celle de ma mère, donc ne pas me poser de questions, et aller au bout de ce que j'ai commencé. Oui bien sûr, c'est ce que je dois faire, c'est ce que j'ai toujours voulu depuis ce fameux matin, savoir enfin la vérité juste pour me connaître mieux. Les séances chez la psychothérapeute me reviennent à l'esprit et me confortent dans ma démarche. J'ai eu raison de faire ce dernier bout de chemin à pied, cela me fait beaucoup de bien. Le restaurant est visible maintenant et je m'en approche sereine et heureuse de revoir Lucie.

Elle est assise en terrasse, elle porte une grande robe en toile de lin très fleurie sur fond clair, ses cheveux longs sont attachés mollement dans un chignon, quelques fleurs coincées dedans. Elle se lève en me voyant souriante. Je l'embrasse chaleureusement et m'installe près d'elle. Le serveur est déjà à mes côtés et je commande une eau gazeuse avec une rondelle de citron pour commencer.

— J'avais peur que tu ne viennes pas, m'avoue-t-elle.

— Pourquoi ? demandé-je.

— Je t'ai raconté des histoires un peu folles quand on s'est rencontrées et je me suis dit que peut-être tu ne voudrais plus me voir.

— Bien sûr que non.

— J'ai tellement été déçue par le passé que je m'y attends à chaque fois maintenant.

Je l'écoute et la regarde me parler de ses craintes, je repense à nos au revoir, à cette sensation de ne pas s'être tout dit, à cette réflexion que j'ai eue en venant... je suis songeuse.

— Tu es bien sûre que tu avais envie de me voir, car je ne veux pas être un souci dans ta vie, Sophie.

— Je suis sûre. J'ai commencé cette quête de la vérité et j'aimerais aller au bout. Il me semble que c'est important.

— Je suis un peu comme toi, mais quelquefois, ce n'est pas aussi simple.

— J'en sais quelque chose ! Tout le monde s'est mis en travers de mon chemin. Évidemment, mon père nous avait vues et j'ai eu droit à une rencontre avec mes parents plutôt corsée ; mon mari s'en est mêlé et notre histoire est terminée, mon divorce est même engagé.

Lucie me regarde pendant que je lui parle, elle semble se décomposer au fur et à mesure que j'avance dans mon récit.

— Il y a finalement des conséquences bien plus lourdes que ce que je craignais, commente-t-elle. Tu n'aurais peut-être pas dû venir cette fois-là, tu ne serais pas brouillée avec tes parents ni avec ton mari.

— Peut-être, mais je serais toujours embourbée dans une vie qui ne me convenait plus. Ta rencontre est ce qui m'est arrivé de mieux cette année. Je ne suis pas encore sortie d'affaire, loin de là, mais je ne désespère pas. Je suis déterminée à savoir.

— Bon, eh bien, tant mieux.

Nous commandons nos plats et très rapidement j'engage la conversation sur les dernières révélations de mes parents.

— Il faut que je te dise que mes parents m'ont invitée à déjeuner dans le seul but de me parler de toi.

— Bien sûr, puisque ton père avait vu ta voiture devant chez moi…

— Il m'avait déjà laissé entendre en quittant Fontanges qu'on en discuterait donc je m'y attendais.

Lucie m'écoute en silence.

— Ils n'ont pas été très tendres avec toi, avoué-je avec toute la douceur qu'il m'est possible d'avoir.

— Le contraire serait étonnant, rétorque-t-elle souriant à peine.

— Leurs révélations sont lourdes sur ton compte, si elles sont vraies, j'aurais préféré les apprendre par toi.

— Bien sûr, j'aurais dû te voir plus tôt pour te parler de mon passé, c'est ce que j'avais prévu de faire. C'est ma faute et j'en suis désolée.

— Maintenant, c'est fait, annoncé-je timidement.

— Mais dis-moi ce qu'ils t'ont raconté, ils en ont peut-être oublié !

— C'est déjà pas mal. Ils m'ont relaté ton retour en ambulance, tu étais apparemment dans un semi-coma dû à des prises de drogues.

— Je vois, c'est effectivement pas très facile d'entendre ça.

— Ce n'est pas grave, mais c'est vrai que j'aurai préféré le savoir de ta bouche, j'ai été surprise bien sûr. Mais surtout, je trouve que ce n'était pas loyal de leur part de me faire ces révélations sur toi.

— J'aurais aimé avoir le temps de t'en parler moi-même. Je pense qu'ils ont cherché à t'atteindre pour te blesser, cela me paraît évident, et sans doute dans le seul but de stopper notre début de relation. Il est clair que ça ne doit pas leur plaire de nous savoir en contact, pire en bons termes.

— Ce n'est vraiment pas cool.

— J'en consens. Mais avant d'aller plus loin, je vais t'éclaircir et te donner des détails sur cette partie de ma vie.

— Je t'écoute.

— Après avoir quitté à nouveau Fontanges et y avoir laissé ta maman, j'ai voulu reprendre mon travail dans le foyer.

— Tu m'avais raconté que tu étais retournée à Nice.

— Je t'ai sans doute dit aussi qu'il n'y avait plus de place pour moi, que j'avais recontacté mes anciens amis de la communauté et comme je ne savais pas où aller ni quoi faire, j'étais repartie avec eux.

— Tu en étais restée là, et maintenant je devine la suite.

— Bien sûr. J'ai repris la fête avec eux et les consommations illicites qui en faisaient partie avec des doses plus fortes.

— L'ambulance va bientôt entrer en scène !

— Bientôt…

— Il y a autre chose ?

— Évidemment.

C'est là que je me rends compte que j'ai bien fait de venir voir Lucie. Elle est sur le point de me raconter encore plus de choses sur sa vie et pas des plus réjouissantes. Moi qui sors d'une enfance dans une famille bien rangée, je me demande presque si cette tante est la mienne. Est-ce possible ?

Le serveur est près de nous, il en profite pour nous conter des banalités sur ce qu'il se passe à l'intérieur du restaurant. Je lui souris, mais ne réponds pas, je tiens à ce qu'il quitte notre table pour enfin connaître le reste du récit. Il prend la commande de nos desserts et s'en va.

Je laisse un peu respirer Lucie. Mais comble de malchance, mon téléphone se met à sonner. Je l'attrape vite décidée à juste vérifier qui est ce perturbateur et ne pas donner suite.

Manque de bol, c'est Justine à qui j'avais fait promettre de m'appeler.

Je m'excuse auprès de Lucie qui en profite pour aller aux toilettes et je converse avec ma fille. Elle me raconte qu'elle sort avec des copines ce soir et que son père est d'accord, elle parle beaucoup si bien que je suis encore au téléphone lorsque Lucie se réinstalle devant moi.

Je m'empresse de terminer notre échange et m'adresse à ma tante.

— Excuse-moi, Lucie, j'avais fait promettre à Justine de m'appeler.

— Je t'en prie, ne t'excuse pas, c'est tout naturel, d'autant plus qu'il s'agit de ta fille.

Je lui souris sans toutefois engager la conversation sur Justine, ça sera pour une autre fois.

— Où en étions-nous ? empressé-je de reprendre.

— À l'ambulance.

— C'est ça et tu me disais qu'il y avait autre chose.

— Il y a autre chose…

Lucie baisse le regard et fait une longue pause, le silence pèse un peu.

— C'est si compliqué à révéler ?

— Tes parents ne t'ont rien divulgué de plus ?

— Non, sauf des choses que tu m'avais déjà apprises ou que tu viens de me raconter.

— Je vois… les souvenirs sont flous et j'ai même cru que j'avais rêvé pendant un temps… parce que j'étais vraiment en piteux état.

— Ne sois pas inquiète, Lucie, sur ce que tu vas me révéler, je suis pleine de bienveillance à ton égard.

— Merci, ça me fait du bien. Je me serais bien passé de raconter certains détails, mais là où on en est, il vaut mieux que j'aille jusqu'au bout.

Incroyable ! Où cette conversation va-t-elle m'emmener ?

— Cette fois-ci encore je ne suis pas rentrée seule…

— Comment ça ? Mes parents ne m'ont parlé de personne !?

— Non ? Pourtant j'aurais bien cru qu'ils te l'auraient dit, ça serait allé dans le même sens que le reste.

— Où veux-tu en venir ?

— Eh bien voilà. J'étais enceinte.

— Enceinte ?

— Comme je te disais, tout était flou avec l'état de semi-coma dans lequel je me trouvais, je ne sais plus trop si j'étais encore enceinte en arrivant à l'hôpital.

— Comment ça ?

— J'ai très vite plus du tout été consciente. Mais ce qui est certain, c'est que je me souviens avoir été enceinte.

— Elle devient compliquée ton histoire ! Tu dis que tu es certaine d'avoir été enceinte, mais qu'ensuite tu n'es plus sûre de rien !

— C'est pourtant vrai.

— Comment est-ce possible ? Où est l'enfant ?

— Il n'y en a pas.

— Tu t'es fait avorter ?

— Non, j'ai perdu le bébé.

— Je suis tellement désolée pour toi.

Je soupire et repose mon dos sur ma chaise. Lucie vient d'extraire une souffrance ancienne, semble-t-il, une banalité de la vie qui a l'air d'avoir marqué la sienne. Je sens bien qu'elle n'a pas dû raconter cette histoire récemment, peut-être depuis cette époque.

— Pourquoi mes parents ne m'ont-ils pas parlé de ce bébé, ils devaient sans doute le savoir ?

— Après mon hospitalisation qui a duré plusieurs mois, je me suis souvenue que j'avais ce bébé dans mon ventre et j'ai posé la question à mon frère.

— Et...?

— Ce que je t'ai dit. Il n'a pas survécu.

— C'est triste, tu aurais été une merveilleuse maman.

— J'aurais adoré… et j'aurais aimé avoir une fille comme toi.

— Ça m'aurait plu de t'avoir comme mère.

Nous nous prenons les mains par-dessus la table et je sens une belle énergie transmise par cette femme en face de moi, je suis tellement bien à cet instant.

— Tu as un peu mon caractère finalement, et puis mes cheveux, dit-elle.

— C'est vrai pour les cheveux, par contre pour le reste je ne sais pas trop.

— Si, si, je t'assure.

Je souris. C'est ma tante, mais c'est bien plus que cela. Les révélations qu'elle vient de me faire nous rapprochent encore plus. Lucie me raconte comment une de ses copines de la communauté ayant trouvé des papiers dans ses affaires a pu contacter son frère, après quoi, il a pu envoyer une ambulance qui l'a conduite à Aurillac où elle a été hospitalisée.

— Quelle histoire !

— C'est la mienne. D'habitude, je préfère la garder bien enfouie à l'intérieur de ma mémoire.

— Je comprends. Georges est-il au courant ?

— Il connaît tout de ma vie.

— N'as-tu jamais voulu avoir d'enfant après ?

— Non, je crois que j'ai eu peur et ensuite, le temps est passé pour être maman. C'est un manque dans mon existence, je m'en suis rendu compte un peu tard.

— Je comprends ce que tu dis. Mes filles sont tellement tout pour moi.

— J'aimerais les connaître…

— Cela se fera sans aucun doute et elles vont t'adorer, Lucie.

— On verra, en tous les cas en attendant je t'ai toi et je trouve ça merveilleux.

Lucie semble apaisée, détendue. Avait-elle pensé que je serais choquée par ses révélations ? Oui, évidemment. Sans doute que je n'aurais pas pu entendre ce type de confessions avant, avant que je ne change moi-même, j'aurais effectivement été quelque peu secouée.

— Lucie, pouvons-nous reparler de ma mère ?

— Que veux-tu savoir ? Si toutefois j'ai autre chose à te dire, ce dont je doute.

— J'ai contacté le foyer où vous avez travaillé toutes les deux, j'ai eu une dame qui se souvenait de ma mère et de cette histoire de garçon qui avait disparu du jour au lendemain.

— Quelle chance que tu aies eu quelqu'un de l'époque ! Que t'a-t-elle raconté ?

— Qu'en fait l'équipe avait pensé que ma mère était tombée amoureuse du père. Il semblerait qu'elle passait beaucoup trop de temps avec lui.

— Je n'avais pas imaginé ça, mais j'y suis restée tellement peu que je ne m'en suis pas rendu compte. Moi, je la voyais surtout avec l'enfant puisqu'il était logé dans le foyer.

— Et être avec le fils était sans doute une bonne manière d'amadouer le père !

— Incroyable !

— Du coup, tu ne sais rien de plus sur le sujet ?

— Non, comme je te l'ai dit j'avais bien senti un malaise, mais sans jamais en connaître la raison, et comme elle ne me disait rien, je n'en sais pas plus, je suis désolée.

— Et le médecin de l'hôpital que tu avais rencontré sur place ?

— Rien de plus que ce que je t'ai raconté.

— Et tu ne sais pas non plus pour quel motif elle avait été hospitalisée ?

— Non, je me suis demandé si elle n'avait pas subi un avortement, mais je suis loin d'en être sûre, car elle n'a jamais évoqué de petit ami.

— C'est plus que probable, c'est courant les ruptures de grossesses de nos jours, enfin presque, car de mon côté, je n'aurais pas risqué de le faire.

— Comment ça ?

— Je me rends compte que c'est étrange justement. Elle s'est opposée catégoriquement au fait que je voulais me faire avorter lors de ma première grossesse. Pour moi, elle arrivait trop vite et nous aurions préféré avec Paul prendre un peu de temps.

— C'est bizarre, surtout si on imagine que c'est ce qu'elle a fait dans sa jeunesse.

— Encore un grain de sable dans l'engrenage !

— Peut-être que tu te poses trop de questions, Sophie…

— D'où je peux bien tenir de vouloir connaître la vérité ? C'est étrange ce fonctionnement. Finalement, à part ton passé, je ne suis pas plus avancée sur celui de ma mère !

— Non, et il n'y a peut-être rien d'autre à savoir.

— Je ne sais pas. Là, tout de suite, je ne vois rien de plus. Je crois que je vais laisser reposer tout ça. C'est déjà pas mal avec tes révélations.

— Je pense aussi, j'ai nourri un peu ton vide sur l'histoire de ta famille, ironise-t-elle.

— Plutôt, et franchement ça me fait du bien qu'il y ait un peu de désordre dans cette famille, rétorqué-je en riant. Je me sens tellement différente de mes parents, je ne suis pas du tout comme eux en fin de compte.

— Tu es comme moi, et la génétique, ça peut aussi venir de sa tante !

Je souris bien largement à Lucie, je suis d'accord avec elle.

— C'est sans aucun doute la seule raison, lancé-je en souriant de plus belle.

Cette révélation vient se rajouter aux autres, et j'espère que cela ne va pas trop perturber mon quotidien.

J'aurais tant aimé avoir une vraie relation de mère-fille avec ma mère, qu'elle ressemble à Lucie, j'aurais pu lui parler librement, elle aurait pu me raconter ses craintes ou ses peurs et son vécu avant mon père. J'aurais trouvé fascinant qu'elle ait eu une vie avant lui. Cela aurait sans doute changé toute ma vie à moi aussi. J'ai le sentiment d'avoir perdu beaucoup de temps.

Je quitte Lucie un peu tard. On se promet de se revoir très vite et de se téléphoner plus souvent maintenant. J'aurais aimé rester plus en sa compagnie. J'ai l'impression d'être séparée d'une partie de moi, ce moi que je découvre en elle.

Justine m'a laissé un message, elle passera le lendemain à la maison et espère qu'on pourra déjeuner ensemble. Elle a ajouté un « je t'aime ». Je suis lasse et cela m'aurait fait plaisir qu'elle soit là. Mes retrouvailles avec ma fille aînée sont aussi émouvantes, peut-être qu'un jour prochain, je pourrai lui parler de Lucie.

24

La maison est vide et je le suis tout autant. Gus est dehors et réclame de rentrer maintenant qu'il voit que je suis là. Je lui ouvre la baie vitrée de la cuisine et j'en profite pour sortir sur la terrasse. Je m'assieds sur un fauteuil devant mes lampions de LED multicolores, c'est joli. Je m'apaise, l'air est doux. Les révélations de Lucie sont de taille et je me dis que j'ai besoin d'une petite pause et pourquoi pas d'un remontant comme un rosé bien frais, cela ne m'arrive jamais de boire toute seule, mais les circonstances sont trop spéciales. Je reviens m'asseoir avec mon verre à la main quand mon téléphone sonne, c'est Aurélie qui me gronde presque de ne pas l'avoir appelée.

— Je suis rentrée il n'y a que peu de temps, rétorqué-je, ce qui est vrai.

— D'accord, mais tu devais me raconter comment s'était passée ta soirée ?

— Ah bon !? C'est ce qui était prévu ? lancé-je l'air d'avoir oublié cette information.

— Sophie ! Tu te fiches de moi ?

— Pas du tout, voyons, pourquoi ferais-je une chose pareille ? ironisé-je.

— Tu joues avec moi là ! Si tu ne me racontes rien, je saute dans un taxi et je viens te sortir les vers du nez !

J'explose de rire maintenant, je l'imagine faisant les cent pas dans son appartement son téléphone à l'oreille.

— Non ça va, pas la peine, mais tu sais je n'ai rien appris sur ma mère, enfin rien de plus.

— Ah bon !

— Même pas un détail ?

— Pas vraiment, des suppositions sur un avortement dans cet hôpital, mais il n'y a rien de sûr.

— On aurait pu s'en douter. Lucie ne l'avait jamais questionnée là-dessus ?

— Si, mais elle n'a jamais rien révélé.

— Sujet clos alors ?

— Pour l'instant… au moins sur le cas de ma mère.

— Il y a autre chose ? Ton père ?

— Non, rien de spécial de son côté, mais Lucie m'a parlé de sa vie en me donnant plus de précisions que ce que m'avaient raconté mes parents.

— Ils disaient vrai alors ?

Je lui expose ce que m'a révélé Lucie sur son propre parcours en n'omettant aucun détail. Aurélie est très attentive, si bien que je me demande si elle est toujours au bout du fil.

— Incroyable ! lâche-t-elle enfin. Pour des informations c'en est !

— C'est le moins que l'on puisse dire.

— Qu'est-ce que tu me disais déjà ? Ah oui, que ta vie était monotone ! Je peux t'affirmer que ce n'est pas le cas.

— C'est vrai, réponds-je en riant, ça change les bases d'une existence rangée.

— Du coup tes parents connaissaient le parcours de Lucie, mais ne t'avaient pas tout révélé… D'ailleurs c'est bizarre, ils auraient pu la charger encore plus ! Pourquoi ne pas avoir parlé de ce bébé ?

— C'est ce qu'on s'est demandé avec Lucie. Peut-être ont-ils voulu garder un peu de discrétion ?

— Tu y crois, toi ?

— En fait non. Enfin… je n'en sais pas trop. Je t'avoue que je suis un peu perdue.

— Je te comprends ma chérie. Pas facile, il faut digérer maintenant.

— C'est ce que je me disais. Je vais laisser reposer tout ça un temps pour analyser la situation, là j'ai ma dose, même s'il s'agit de ma tante, c'est compliqué quand même.

— Tu as raison. Au fait, tu vois tes parents ces temps-ci ?

— Mon père suit mon dossier de divorce de près et en a profité pour me glisser que ce serait une bonne chose de se retrouver comme avant. Je n'ai encore rien dit, mais je sens que faire un effort dans ce sens serait bien. J'espère qu'ils n'évoqueront plus Lucie.

— Ma pauvre chérie, une situation désagréable.

Je termine ma conversation avec Aurélie une bonne heure plus tard, elle me parle d'autres choses pour tenter de me sortir un peu de cette histoire glauque.

Après avoir raccroché, je prends une douche chaude, presque brûlante, pour enlever la fraîcheur de la nuit qui s'est immiscée en moi. Je m'enveloppe dans mon peignoir et vais m'installer au salon. J'allume la télévision pour tuer encore un peu le temps. Il n'y a rien d'intéressant à cette heure avancée. Je zappe et stoppe sur un téléfilm insipide. Finalement, je vais me coucher. J'ai modifié l'aménagement de ma chambre après le départ de Paul et je m'en réjouis, j'y ai retrouvé le sommeil. Une lampe de sel que j'allume avant d'aller me coucher et un peu d'encens m'apaisent, c'est nouveau ça aussi.

Je m'endors presque aussitôt.

***

Une chambre d'hôtel grande et spacieuse, je connais cet homme, mais c'est la première fois que nous nous trouvons dans l'intimité. Il me précède, attrape ma main et m'entraîne à l'intérieur. Il retire ma veste, puis mon sac et les pose sur le fauteuil club à l'entrée, il va vers la fenêtre et tire le rideau pour masquer la lumière franche du soleil qui inonde la pièce, c'est le plein après-midi. Il revient vers moi, me sourit, reprend ma main et la baise doucement, délicatement. Il embrasse ma joue, le bord de mon oreille et m'attire contre lui, ses gestes sont doux, sensuels, puissants aussi, rien de brutal, juste l'envie d'aller plus loin, sans précipitation. Le désir m'envahit, mon souffle change, mes yeux commencent à brûler et la chaleur de mon corps rivalise avec les frissonnements provoqués par ses mains sur ma peau.

Ses gestes, ses baisers, sont divins, jamais je n'ai été embrassée comme ça, jamais je n'ai été touchée de cette manière, c'est ce que je ressens, je suis au bord de l'évanouissement tellement c'est délicieux. Il me fait reculer lentement, je sens le lit derrière mes jambes et maintenant, il m'entraîne dessus en me retenant. Il m'y allonge dans une extrême douceur. Ses yeux ne quittent pas les miens. Son regard change, il devient plus pénétrant, gorgé de désir et de respect, je ne peux pas toujours le soutenir et parfois je ferme les miens, car c'en est trop, trop de profondeur, trop de désir. De ses gestes habiles, il commence à me déshabiller, il défait les boutons de mon chemisier, embrasse ma gorge et descend sur mon ventre. Il passe une main dans mon dos et décroche mon soutien-gorge qu'il soulève, il embrasse mes seins avec douceur, l'un après l'autre, les caresses avec subtilité. Ils sont gonflés de désir, mon corps entier se met en mouvement, ma peau devient un brasier. J'en peux plus. Je libère mes mains et je parcours son dos, je les glisse sous sa chemise défaite, il est bien bâti et sa peau est chaude et douce, j'inhale son odeur mon nez dans son cou. Mes mains atteignent ses hanches puis ses fesses musclées sous son jean, je l'attire à moi et je sens son sexe tendu qu'il presse fermement contre mon intimité. Je deviens vorace, ma respiration haletante...

***

Je me réveille à cet instant, mon entrejambe est trempé et je suis en nage…

Zut! me dis-je, j'aurais aimé vivre la suite… Je ne me sens pas du tout gênée par mon état, mais plutôt amusée de me rendre compte que j'aurais été curieuse de connaître tout le déroulement.

C'était toutefois étrange de faire ce type de rêve et cela ne m'est pas arrivé depuis longtemps, depuis que j'ai entrepris de mettre du clair dans mon passé et avant ma séparation avec Paul.

25

Cette semaine est particulière, la petite librairie d'Aurélie, c'est son nom d'ailleurs, a une place au Salon du livre cette année, elle va partager un stand avec des confrères. Aurélie m'a demandé de l'accompagner. Elle doit rencontrer certains auteurs et me veut avec elle, elle est surexcitée à l'approche de l'ouverture qui va durer quatre jours, elle compte beaucoup sur la dernière matinée qui est réservée aux professionnels et elle pourra prendre le temps de discuter avec les éditeurs. Elle a toutefois des rendez-vous de prévus et des conférences aussi.

Le jour J arrive et je me rends avec elle à la soirée d'inauguration, le jeudi. Aurélie me présente comme sa collaboratrice. Tout est nouveau pour moi, et même si ce monde n'est pas le mien, je m'y sens bien. Je peaufine l'installation de notre stand alors qu'Aurélie bavarde avec les éditeurs.

— Sophie ! entends-je d'un coup.

Je lève le nez du stock de livres que je finissais de déballer, en face de moi se tient Marie ! Ma copine d'enfance, de collège et de lycée, Marie avec qui je passais le plus clair de mon temps jusqu'à nos désaccords pendant nos sorties avec le groupe de marcheurs, Marie qui fut mon refuge durant toutes ces années aussi, elle est devant moi dans une robe fourreau qui lui donne un drôle de genre !

— Marie ? Quelle surprise ! réponds-je simplement.

— C'est fou de te voir dans ce salon, mais que fais-tu là d'ailleurs ? Tu travailles ?

Tiens, devrais-je noter une pointe de sarcasme ?

— J'œuvre dans une librairie depuis plusieurs mois et cela me plaît beaucoup, lancé-je à la hâte.

— Le monde des livres est magique, je veux croire que c'est agréable, mais tu n'as pas besoin d'argent toi ?

— Non, mais est-ce une raison pour ne rien faire ? J'adore ce job et je le vis plus comme une occupation.

Et voilà que je me justifie ! Décidément, je me laisse envahir par ce que je perçois d'elle, ce besoin de tout savoir qui, par le passé était une vraie maladie chez elle, elle n'a pas changé a priori.

— Bien sûr, je me disais aussi…

— Et toi, que fais-tu là ? la coupé-je avant qu'elle me pose d'autres questions.

— J'accompagne mon nouvel ami, lance-t-elle en jetant un œil dans sa direction. Il est fan de lectures et nous avons été invités pour la soirée d'ouverture.

— Je comprends mieux, répliqué-je en regardant dans la direction de cet ami.

Il est plus âgé qu'elle au premier abord, il discute avec plusieurs personnes. Marie choisissait des compagnons qui pouvaient lui apporter quelque chose, c'est a priori toujours le cas, il paraît assez fortuné et cela est un point fort pour elle.

— Que deviens-tu, Sophie ? me demande-t-elle enfin.

— Rien de particulier, le quotidien, les filles… m'empressé-je de répondre.

Elle ne semble pas être au courant de ma séparation avec Paul et je n'ai pas envie de dévoiler cette partie de ma vie, encore moins à Marie. Si elle l'apprend, ça ne sera pas par moi. Je n'ai plus de contact avec ses amies depuis que nous nous sommes brouillées.

— Ah oui, et les filles, comment vont-elles ?

— Très bien. Mais toi, raconte un peu, il a l'air sympathique cet ami ? lui demandé-je toujours avec cet empressement pour ne pas débattre sur mon cas.

— Il est chou comme tout, on passe juste la soirée ici, et demain, il m'emmène en voyage aux Antilles, tu te rends compte !

— Mais c'est merveilleux ! Tu dois être contente.

— C'est génial. Elle jette un œil vers lui de temps à autre guettant une manifestation de sa part.

Elle se met en mouvement me signifiant son départ.

— Je dois y aller. Dis-moi, on essaie de se revoir quand je rentre ?

— Pourquoi pas, amuse-toi et profite de ton voyage.

Elle quitte mon stand en me faisant un signe de la main et un sourire convenu. Étrange cette rencontre, Marie, pimpante, maquillée à souhait, comme dans mon souvenir. Je suis davantage à des années-lumière d'elle, moi qui ai passé tout ce temps à ses côtés. Encore quelque chose de différent, me dis-je.

— Alors, tu viens ?

Aurélie se trouve en face de moi.

— Bien sûr, j'arrive.

— Bientôt il n'y aura plus rien à grignoter et comme on va boire on va finir pompettes, rétorque-t-elle en riant et en repartant vers le buffet.

Je lui attrape le bras et nous marchons ensemble.

— Au fait, c'était qui la bimbo qui te parlait ? questionne-t-elle.

Je m'esclaffe en entendant ce terme, elle est complètement dans le juste.

— Une relation de mon ancienne vie.

— Alors, ce n'est pas important ! répond-elle sans demi-mesure.

Le buffet est assez fourni en petits-fours salés, je prends un verre de vin rouge et Aurélie aussi. Elle me présente à quelques personnes. De jeunes auteurs prometteurs qu'elle suit surtout, ils semblent flattés d'être là. Je suis bien parmi eux et nous discutons facilement. Il est prévu qu'elle fasse un petit tour des stands avec eux le lendemain.

La soirée se termine tard. Aurélie m'a proposé de passer ce week-end chez elle à Paris pour que je n'aie pas à faire le trajet. Les filles sont avec leur père. Elle m'a prévenue que le salon aller être éprouvant et que toute ton énergie serait requise.

Nous sommes installées proche d'éditeurs de renom, je distingue des auteurs connus suivis de foules de fans. Je ne suis pas forcément impressionnée, j'ai l'habitude de voir du beau monde depuis ma tendre enfance, mais ici, l'ambiance est joviale, simple et très sympathique, je m'y plais beaucoup malgré la cohue à certains moments. Les jeunes auteurs passent nous saluer et Aurélie les rassure et leur donne quelques tuyaux pour trouver un éditeur sérieux.

Le dimanche se déroule comme les autres jours, Aurélie me pousse pour que je puisse faire mon tour de visite n'ayant pu vraiment quitter le stand depuis le début du salon. En plus, nous avons une petite aide de camp aujourd'hui.

Je circule au milieu de cette grande manifestation, je passe devant certains éditeurs qui m'ont repérée avec Aurélie et me saluent quand je les croise du regard. Je suis à l'aise dans ce monde littéraire, il va falloir que je me mette à lire plus sérieusement encore.

Je m'approche de la boutique Paul en espérant dénicher une place pour m'y poser, j'ai envie d'un thé et pourquoi pas d'un cookie au chocolat.

Je croise quelques collaboratrices d'éditeurs et elles me sourient chaleureusement. Je trouve in extremis une table libre, je m'y installe sans tarder, Aurélie ne m'attend plus et je peux savourer ce repos bien mérité. L'espace où je suis est un peu préservé de l'agitation, à l'extrémité de la boutique qui ne désemplit pas.

Je suis brusquement heurtée par un petit groupe de gens qui, semble-t-il, n'ont pas vu que j'étais là ! Deux hommes et une femme, l'un d'eux se confond en excuses, les deux autres ont l'air de ne m'avoir tout simplement pas remarquée. Je suis blessée, mais je chasse ce sentiment très vite et je décide que cela m'est complètement égal. Je grommelle que ce n'est pas grave et rechausse mes lunettes de lecture pour me replonger dans le catalogue du salon qui a été oublié sur ma table.

— Page soixante-dix-sept, entends-je.

Je lève la tête et vois l'homme de ce groupe perturbateur debout en face de moi.

— Pardon ?

— Si c'est moi que vous cherchez, il faut aller à la page soixante-dix-sept, me dit-il en me souriant.

— Excusez-moi, mais je ne vous cherche pas.

Il est bizarre ce type. Quel ego surdimensionné ! En plus, s'il pense que parce qu'il m'a bousculé je dois m'intéresser à lui…

— Je vous l'accorde, ce n'est pas une plaisanterie des plus fines.

— C'est le moins qu'on puisse dire.

— Puis-je m'asseoir ? questionne-t-il.

— Non, réponds-je aussitôt.

— Ça a le mérite d'être clair.

Il reste planté devant moi et je me demande combien de temps ça va durer.

— Vos amis vous attendent, vous devriez les rejoindre, rétorqué-je.

Il se tourne, et leur lance de loin :

— Ne m'attendez pas, en revanche. Émie, tu peux me prendre un café ?

Elle lui envoie un signe de pouce levé sans rien dire de plus.

— Voilà ! Personne ne m'attend plus désormais. Puis-je m'asseoir, Sophie ? C'est votre prénom ?

— Comment connaissez-vous mon prénom ?

— Votre stand est tout près du mien, vous êtes la collaboratrice d'Aurélie, n'est-ce pas ?

— C'est juste, mais pour ma part, je ne vous connais pas.

Je suis embarrassée, j'ai sans doute en face de moi un professionnel de la littérature et Aurélie m'en voudrait si je lui faisais mauvaise impression, sa boutique en pâtirait peut-être.

— Puis-je m'asseoir, Sophie ?

— Allez-y, bredouillé-je me sentant forcée.

— Enfin ! Je commençais à me faire remarquer à rester planté comme ça.

— Excusez-moi, mais je n'ai pas l'habitude de parler aux inconnus.

— Je comprends, mais ce n'est pas vraiment le cas puisque je vous connais un peu.

— Tout est relatif ! À part mon prénom et que je suis la collaboratrice d'Aurélie, vous ne savez rien de moi, et d'ailleurs, que me vaut cet intérêt soudain pour ma personne ? questionné-je un peu ironique.

— Vous êtes joueuse avec les mots, j'aime votre façon de faire, répond-il tout en plongeant ses yeux verts dans les miens. Disons que j'avais envie de mieux vous connaître.

— Je ne vois pas pour quelle raison !

À la vérité, j'ai le sentiment d'être d'un intérêt intime pour cet homme, je ne me trouve pourtant pas du tout désirable, c'est mon avis à cet instant précis.

— Vos yeux vous trahissent, Sophie.

— Que voulez-vous dire par là ?

— Simplement que vos yeux parlent à votre place.

Avant que je ne rétorque, il enchaîne.

— Sophie, je vais être franc avec vous, lorsque je vous ai vue la première fois, je vous ai tout de suite trouvé jolie, j'ai été attiré par vous et j'avais envie de vous connaître plus. Maintenant que je vous retrouve, je ne compte pas vous laisser m'échapper une seconde fois.

— Mais que dites-vous ? J'ai l'impression que vous parlez de quelqu'un d'autre, je ne vous ai jamais vu avant aujourd'hui !

— Si, bien sûr que si…

— Non, je ne me rappelle pas.

Je fouille ma mémoire en quatrième vitesse, mais je ne trouve rien.

— Vous ne vous souvenez pas ?

— Il y a tellement de monde ici, j'ai rencontré bien plus de personnes que dans une année entière, donc, j'ai dû croiser votre visage à un moment donné, c'est vrai que j'ai la sensation de vous avoir déjà vu, ça doit pendant le salon !

— Absolument pas, je vous parle de plus loin que cela, avant ces quelques jours.

— Pardon ! Mais je ne vois pas du tout ! On a discuté ensemble ? Vous m'inquiétez, j'ai l'impression d'être gagnée par la maladie d'Alzheimer.

Il se met à rire et j'en fais autant, ces dernières réflexions et questionnements deviennent abracadabrants, sommes-nous sur la même planète ?

— Je suis désolé, Sophie, je ne tiens pas à vous perturber, lâche-t-il en reprenant ses esprits, je pensais que vous vous souveniez de notre rencontre.

— A priori non. Vous ne me perturbez pas. Puis-je maintenant connaître votre identité ? Vous semblez tellement en savoir sur moi.

— Excusez-moi, c'est vous qui me troublez, Sophie…

J'en rougis, ce qu'il voit aussitôt, mais il ne me le fait pas remarquer.

— Je m'appelle Mathias et je suis éditeur, ma maison d'édition se nomme « Édition du monde ».

J'en reste bouche bée, j'ai en face de moi un grand nom de l'édition et il me semble savoir qu'il écrit aussi et que ses romans sont appréciés.

— Je suis confuse, réponds-je.

— Pour quelle raison ? Parce ce que je ne suis pas juste un visiteur ? questionne-t-il.

Et avant que je ne réplique, il continue :

— Ne le soyez pas, Sophie, c'est un honneur pour moi d'être traité comme tout le monde, j'ai tellement en face de moi de personnes intéressées que je ne sais jamais si elles sont sincères ou pas. Par contre, cela me perturbe réellement que vous ne vous souveniez pas de notre rencontre ! rit-il cette fois.

— À la librairie d'Aurélie peut-être ? demandé-je sans aucune conviction.

— Je n'y suis jamais allé, j'aurais dû, car je vous aurais retrouvée plus tôt, avoue-t-il en souriant franchement.

Son téléphone sonne, il s'excuse et répond à la hâte.

Je profite de sa conversation pour le détailler du coin de l'œil. Il a beaucoup de charme, ses cheveux bruns bouclés tombent dans son cou, il porte une barbe de trois jours qui lui va très bien et ses yeux noisette clair légèrement teintés de vert sont magiques. Il n'est vêtu ni très chic ni très sport, une chemise de coton bleu ciel sur un pantalon en toile. Bien qu'il soit assis, il semble grand et il a de larges épaules, une vraie carrure d'homme, rien à voir avec Paul qui est à peine plus large que moi. Je me complais à cette pensée.

— Vous souriez, Sophie, vous souvenez-vous donc de notre

première rencontre ?

Je ne me suis pas rendu compte qu'il avait terminé sa conversation tellement j'étais plongée dans mon analyse… de l'individu en face de moi.

— Non, désolée, il va falloir m'aider un peu.

— Pas tout de suite, fait-il d'un air amusé. Je dois vous laisser, car je suis attendu sur mon stand, mais je vous revois avant de quitter le salon, et puis maintenant, je sais où vous trouver si vous prenez la poudre d'escampette, s'esclaffe-t-il.

Il se lève de sa chaise en vitesse, fait un signe à ses deux compagnons qui le suivent sans tarder et file à la hâte. Je le regarde de loin, je cherche dans ma mémoire où j'ai pu le rencontrer. Je ne me souviens pas ni où ni quand j'aurais pu le croiser, mais j'ai de plus en plus la sensation de l'avoir déjà vu. Comme c'est un personnage connu du monde littéraire, j'ai pu le remarquer dans un magazine à la librairie.

Je finis par lâcher mon fascicule après avoir lu la totalité de la page soixante-dix-sept, j'en ai appris plus sur lui et sa maison d'édition. Je sais maintenant que je n'ai pas affaire à n'importe qui, mais ce n'est pas ce qui m'impressionne. Il ne va tout de même pas croire que je vais tomber dans ses bras aussi facilement. Pourquoi ai-je ce genre de réflexion ? Je suis loin de m'imaginer avec un homme ! Il vaut mieux que je dissuade ce Roméo en herbe avant que ça ne prenne trop d'ampleur.

Je me dirige vers notre stand, Aurélie discute avec d'autres libraires. Lorsqu'elle me voit, elle me sourit franchement et me présente. Peu de temps après, le salon se vide, et nous commençons à ranger nos ouvrages.

— Il aurait fallu que je me débrouille pour faire venir cet éditeur à la librairie, lance-t-elle en regardant vers nos voisins.

— Comment ça ? De qui parles-tu ?

— L'édition du Monde, il est en ascension constante dans le milieu, et il a les meilleurs auteurs du moment.

— Sait-il faire pression sur eux pour les avoir avec lui ? questionné-je un peu inquiète de sa réponse.

— Non pas du tout, rétorque-elle rapidement. Tu as de drôles d'idées, toi ? Il est très réglo, il est sympathique en plus et a un charme fou, tu ne trouves pas ?

— Bof, ouais… pas trop mal, admets-je en regardant brièvement vers lui.

Je préfère m'affairer à ranger plutôt que de risquer de croiser son regard, il doit se douter que j'ai pris le soin de vérifier que son stand était en face du nôtre.

— Tu te fiches de moi, Sophie, il est plus que pas mal.

— S'il n'est pas marié, il doit avoir un tas de filles qui lui courent après, répliqué-je.

— C'est fort probable…

Je me redresse pour le scruter de loin. Je l'imagine entouré de groupies en tous genres, il faut vraiment que je m'éloigne de ce personnage.

— Finalement, il a l'air de t'intéresser ce bel éditeur ? lâche Aurélie en riant.

— Pourquoi dis-tu ça ?

— Ton regard, ma chérie, tes yeux te trahissent…

Zut, il faut que je fasse attention, c'est la deuxième fois qu'on me parle de mes yeux dans ce sens-là. C'est à cet instant précis que je vois Mathias quitter son stand, serrer la main de son interlocuteur et se diriger vers nous ! Me cacher ! M'affairer ! Argh ! Je suis prise au piège et voilà que mon cœur s'emballe en plus !

— Sophie ! m'interpelle Aurélie, il vient par ici !

— Bonsoir, Aurélie… « de la petite librairie d'Aurélie », je suis désolé, je n'ai pas pu vous saluer plus tôt, lance-t-il en l'embrassant sur la joue, j'espère que je ne vous dérange pas trop.

— Bonsoir, Mathias, non, pas du tout, on commence à plier pour ne pas y passer la nuit, réplique-t-elle en se voulant farceuse.

— Je vous présente, Sophie, ma collaboratrice… enchaîne-t-elle.

— Nous nous connaissons déjà, avoue-t-il en me souriant.

— Eh bien… je ne savais pas, balbutie Aurélie.

— En fait, pas vraiment, ce monsieur m'a bousculée tout à l'heure alors que je prenais un thé, me défends-je un peu moqueuse.

— Eh bien quelle aventure ! rétorque Aurélie.

Mathias me regarde sans arrêt et je commence à me trouver mal à l'aise. Aurélie a très vite enchaîné évoquant les échanges faits sur le salon et il a l'air d'être assez d'accord sur pas mal de points. Mathias ne me lâche pas des yeux et je continue à ranger toute seule maintenant. Notre aide vient de nous rejoindre à nouveau et je suis un peu libérée. Je les entends organiser une rencontre avec un auteur à la librairie, Aurélie paraît enchantée.

— Je dois malheureusement vous laisser, nous dit-il, j'ai un dîner que je ne peux annuler, sinon, je vous aurais volontiers invitées, annonce-t-il en nous regardant tour à tour.

— Ça tombe bien, nous avons un dîner également, n'est-ce pas, Aurélie ? balancé-je à Mathias tout en scrutant Aurélie.

— Oui bien sûr, répond-elle entrant dans mon jeu.

— Une autre fois alors ? demande Mathias, en tous les cas on se voit pour la dédicace.

— Je m'en fais une joie, lance Aurélie.

Il embrasse Aurélie sur les deux joues et s'avance vers moi, mon cœur se remet à battre plus vite…

— Sophie… chuchote-t-il, j'aime votre prénom, accepteriez-vous un déjeuner un de ces jours ?

Il en profite pour me toucher le bras et déposer deux bises sur mes pommettes, ses cheveux frôlent mes joues. J'ai de la marmelade dans les jambes, mon cœur va sortir de ma cage thoracique tellement il bat fort et j'ai très chaud d'un coup.

— Je ne sais pas trop…

Je vois dans son dos le regard et les gestes d'Aurélie m'incitant à répondre par l'affirmative…

— Peut-être, un de ces jours, réponds-je enfin.

— Merci, Sophie, je vous recontacte dès que possible, j'ai hâte de vous dire où nous nous sommes rencontrés, sourit-il.

Il me donne sa carte de visite qu'il sort de sa poche de chemise et sur laquelle il note son numéro de portable personnel.

— Si toutefois vous vous en souvenez, n'hésitez pas à me le faire savoir, ajoute-t-il.

Il se détache de moi et part assez rapidement, il semble être attendu, en le suivant du regard, je vois effectivement un groupe de gens qui se joignent à lui dès qu'il est à leur hauteur.

— Tu as des choses à me dire toi ! relève Aurélie sur un ton plus qu'appuyé.

— Pas tant que ça en fait, rétorqué-je.

— Et tu comptes t'en sortir comme ça ? réplique-t-elle en me fixant intensément.

— Euh, sans doute que non, réponds-je en gloussant.

Aurélie s'esclaffe et m'envoie des vannes sur le beau Mathias qui a l'air d'avoir jeté son dévolu sur moi, elle est juste écroulée de rire. J'en fais autant. Je suis flattée d'avoir plu à cet homme, mais je ne me vois pas dans ses bras, je ne me sens pas prête. Aurélie est sûre du contraire, il s'est écoulé si peu de temps depuis ma séparation avec Paul.

26

La date des dédicaces est déjà là, c'est ce matin, à dix heures. Aurélie a reçu les informations par mail et ni elle ni moi n'avons eu de nouvelles directement de Mathias. Elle a peaufiné la rencontre avec sa secrétaire à plusieurs reprises, elle a demandé sans vouloir être trop intrusive et sans que je l'y incite, si Mathias était joignable, elle lui a répondu qu'il avait un planning très chargé et qu'il était en déplacement à l'étranger la plupart du temps.

Aurélie n'est pas inquiète et me dit qu'il va certainement me proposer de me voir en dehors de ce rendez-vous de signatures. Sa manière de m'accoster était si singulière, je ne me fais pas vraiment d'illusion, il a peut-être l'habitude de lier connaissance avec des femmes et m'a oubliée purement et simplement.

Je ne suis pas prête de toute façon. C'est ce que je me répète tout le temps. Aurélie affirme que je dois arrêter de me dire ça, car je ne fais que l'imprimer en moi. Justine me bouscule autant qu'Aurélie pour que je voie du monde pour me donner la chance de trouver un amoureux… Ce sont ses mots. Elle passe la plupart de ses week-ends chez ses grands-parents lorsqu'elle veut rester en ville et profiter de son petit ami Romain, me laissant supposer que son père est occupé avec sa maîtresse et qu'elle n'a pas forcément envie de la croiser.

Installée dans le RER, je suis noyée dans mes pensées, plus que quelques stations pour parvenir à mon arrêt Luxembourg, le temps est maussade comme moi finalement. En soupirant, je me rends compte que nous sommes à Saint-Michel Notre Dame.

La grosse femme assise en face de moi est partie, elle a dû quitter le RER là. Je considère le quai, le monde s'active, se presse comme d'habitude. Je sens la rame redémarrer, les nouveaux arrivants s'installent aux emplacements libres et bientôt la place vide devant moi sera à nouveau occupée. J'aurais tellement aimé être seule, ne pas être trop envahie par cette population que je trouve insipide et pas forcément joyeuse aujourd'hui, lorsque je suis comme maintenant, morose, ce n'est pas fait pour que j'aille mieux. Je ne suis même pas contente de revoir Mathias. En fait, je suis un peu déçue et finalement en colère de constater qu'il a dû se jouer de moi. Ne pas avoir eu de ses nouvelles laisse la place à ce sentiment.

Je sens du mouvement devant moi, une personne a repéré le siège vide et vient s'installer. Mon regard vers l'extérieur, je souhaite arriver maintenant et ne pas échanger avec qui que ce soit, je n'ai pas envie d'être aimable. Ma curiosité l'emporte. Au bout d'à peine quelques secondes, je tourne la tête vers l'individu, Mathias est assis devant moi. Il me sourit sans rien dire. Je suis stupéfaite.

— Mais que faites-vous là ?

— La même chose que vous, je prends le RER.

Il me contemple, dans ma surprise je ne sais pas trop quoi dire, j'ai effacé toute animosité le concernant et je me demande juste pourquoi il se trouve là.

— Vous vous souvenez maintenant ?

Je l'interroge du regard, je fronce les sourcils, je devrais me rappeler quelque chose ? Mon esprit analyse la question, le lieu où nous sommes, et ce fameux arrêt, tout devient clair.

— C'était vous l'homme du RER !

— Oui, sans doute, me répond-il en s'esclaffant.

— Désolée, je n'aurais pas dû dire ça.

— Non, il n'y a pas de problème, Sophie, c'est juste que c'est un titre que je n'avais jamais eu, continue-t-il en se marrant. Bon, l'important c'est que je ne le conserve pas.

Nous rions tous les deux à présent. Il s'empresse de s'excuser de n'avoir pu me contacter plus tôt, mais son planning surchargé ne lui a laissé aucune possibilité de le faire. Il est rentré de voyage la veille spécialement pour les dédicaces d'aujourd'hui, en temps normal, il ne serait pas venu, mais il avait envie de me revoir et il s'est dit qu'entre son silence et son absence, je l'aurais mis au placard pour toujours.

Je ris encore de son analyse et je lui fais ressentir qu'effectivement j'ai été surprise, et pas forcément dans le bon sens, par son mutisme.

Mathias est assis en face de moi, j'ai du mal à le croire. Il se souvient de moi depuis ce fameux jour où nos regards s'étaient croisés dans ce même RER, et ensuite notre rencontre inopportune au Salon du livre, j'avais compris qu'il voulait me connaître d'une manière plus particulière.

Nous arrivons à l'arrêt Luxembourg. Le temps s'est levé et les rayons du soleil chassent les nuages, je me sens mieux, évidemment.

Mathias marche à mon rythme, sans se presser, nous nous dirigeons vers la librairie, il a attrapé ma main tout naturellement qu'il tient maintenant, ce geste simple est nouveau pour moi et j'aime ça, je le laisse faire. Je n'imagine pas Paul en faire autant, il ne l'a jamais fait.

Il me raconte ses derniers déplacements, ses nombreux rendez-vous, ce temps qu'il a l'impression de ne plus maîtriser.

Je le questionne sur sa vie privée.

— Je suis un enfant de la DDASS, j'ai grandi dans un centre durant toute ma jeunesse, j'étais trop bagarreur pour être placé.

— Que savez-vous de votre famille naturelle ?

— Rien, sauf que mes origines sont sans doute dans le Sud, vu la couleur de ma peau et de mes cheveux, et de mon nom aussi. J'ai cru comprendre que c'est celui de mon père.

— Vous n'en êtes pas sûr ?

— Je n'ai aucune certitude sur le sujet.

— N'avez-vous jamais eu envie de retrouver vos parents biologiques ?

— Jamais. Je me suis construit tout seul et je suis heureux comme ça. Et puis on m'a abandonné à la DDASS volontairement, donc je suppose que je n'avais aucun intérêt pour eux, à quoi bon les chercher.

Je trouve étrange de ne pas vouloir connaître ses origines, d'autant qu'il est auteur de romans historiques. Je me pose mille et une questions à son sujet, sur sa vie privée, qu'en est-il de son passé amoureux ? S'il y avait une femme dans son quotidien, serait-il là à marcher près de moi main dans la main ?

Il me regarde perplexe.

— Avez-vous autre chose à me demander ?

— En effet, au sujet de votre vie sentimentale ?

Ma question paraît le perturber.

— Il y a eu une Madame Agostino, mais c'est de l'histoire ancienne. Nous avons divorcé depuis plus de dix ans, mon ex-femme aimait plus mon statut d'éditeur que moi en fin de compte.

— Je vous retourne la question ?

— Je suis séparée de mon mari, nous sommes en instance de divorce et j'ai aussi trois filles.

Comme ça le décor est planté. Si ça doit le faire fuir, il le fera rapidement.

— Je n'ai pas d'enfant, cela ne s'est pas fait avec mon ex-femme, elle n'en voulait pas. Je crois que j'aurais aimé en avoir, avoue-t-il en me souriant.

On apprécierait en savoir plus l'un sur l'autre, mais voilà que nous sommes en face de la librairie et qu'au même instant Aurélie passe la tête à la porte de sa boutique et nous voit arriver, main dans la main.

Sans aucune gêne, Mathias s'approche d'elle et l'embrasse chaleureusement. Elle se tourne vers moi, j'ai la sensation d'être rouge pivoine !

— Entrez, déclare-t-elle à Mathias.

Il passe devant, elle me regarde avec un sourire plus grand que la normale.

— Toi, tu me donnes des informations au compte-gouttes, rétorque-t-elle en m'enlaçant.

Je la dévisage voulant qu'elle se taise et lui fais le signe du silence avec mon index sur la bouche. Je ne tiens pas à ce que Mathias sache que j'ai parlé de lui.

Aurélie rejoint à la hâte Mathias, lui propose un café avant l'arrivée de l'écrivain. Déjà quelques personnes attendent. Une table a été dressée et une pile de livres de l'auteur est mise à disposition.

Les deux heures de signatures passent à toute vitesse, je reste en retrait, car il y a finalement pas mal de monde. Mathias est pris entre l'auteur, Aurélie et les visiteurs. Il me jette des coups d'œil de temps à autre et un sourire plus qu'amical, il a l'air embêté de ne pouvoir me rejoindre.

L'auteur a filé à la fin des dédicaces, car il était attendu ailleurs.

Mathias est occupé avec Aurélie et ils règlent quelques points. Il lui donne des conseils pour quelques arrangements dans sa librairie.

Mathias me regarde avec plus d'intensité et naturellement je me rapproche d'eux, la librairie est vide maintenant, il propose que nous déjeunions ensemble. Aurélie n'a pas beaucoup de temps et suggère d'aller dans notre petit restaurant habituel. Je suis embarrassée, j'ai l'impression de ne pas être à ma place, tout en y étant, car je partage les activités de la librairie au quotidien. Mais cet échange et ce contact avec Mathias qui est tout autre que professionnel me mettent dans une situation étrange au centre de ce trio.

Mathias reste près de moi et marche vers le restaurant. Il passe même un bras autour de mes épaules. Il semble qu'il n'y ait que moi qui sois gênée par ce geste.

Le déjeuner est très sympathique, Mathias est un homme jovial, souriant et raconte des tas d'anecdotes. Nous sommes la plupart du temps en plein fou rire. Une fois les derniers points réglés liés au monde de l'édition et son café avalé, Aurélie prend congé et file vers la librairie, nous laissant seuls à la table. Les clients sont moins nombreux. On se retrouve en face l'un de l'autre, un silence presque gênant s'installe. Mathias me propose un deuxième café que j'accepte.

Il me demande des précisions sur ma vie, mes filles, mes parents. À la différence de lui je suis née dans une famille aisée. Mon travail à la librairie n'étant pas un impératif financier, mais plutôt un besoin pour ma survie personnelle. Je lui raconte sans trop de détails les circonstances de ma séparation avec Paul, l'avantage d'avoir un père avec de bonnes relations pour ce qui est de la procédure de divorce. Il aurait aimé le connaître avant, me dit-il en riant, il aurait sans doute moins perdu d'argent dans le sien.

Mathias reçoit des appels et notre conversation est régulièrement interrompue. Il a quelques obligations et je sens qu'il va devoir partir sans que j'en sache plus sur lui. Il téléphone à sa secrétaire pendant plusieurs minutes, il semble régler une nouvelle rencontre de dédicaces lors d'un événement littéraire, il finit par la prier d'annuler tous ses rendez-vous de l'après-midi et lui annonce qu'il la verra le lendemain matin, il lui demande aussi de ne pas l'appeler, car il va couper son portable.

Je le regarde avec surprise.

Après avoir raccroché, il l'éteint et le range dans la poche intérieure de sa veste.

— Puis-je vous inviter à une autre dédicace ? questionne-t-il.

— Avec plaisir. Bien que je ne sache rien de l'auteur sans doute, rétorqué-je, je lui ai déjà fait part de mon peu d'expérience concernant le monde des livres.

— Si, celui-là, vous le connaissez. Un peu tout du moins, il est assis en face de vous.

— Ah oui, effectivement, alors, c'est très volontiers que je viendrai.

Il me note l'adresse et la date sur un morceau de nappe en papier qu'il découpe et me donne. Son écriture est belle. Que pourrais-je trouver de désagréable chez lui ? Le rendez-vous est dans le courant de la semaine prochaine, le mardi.

— J'espère que vous avez du temps maintenant, car je viens d'ajourner toutes mes obligations de l'après-midi, cela me plairait d'en apprendre plus sur vous.

Je me demande ce qu'il prévoit, je suis déconcertée.

— On pourrait marcher jusqu'au parc de Montmartre, il est à deux pas, ajoute-t-il.

— Avec plaisir, réponds-je.

Je me lève, rassurée par sa proposition, je me vois mal filer dans une chambre d'hôtel tout de suite.

— Je pense qu'il est nécessaire de nous connaître mieux avant d'aller plus loin dans notre relation, lance-t-il en souriant franchement.

Je le regarde, gênée par ce qu'il vient de dire. Il se met à rire ce qui provoque la même chose chez moi.

— Je suis un peu vieille France, ajoute-t-il. Je n'ai pas l'habitude de brûler les étapes et puis j'ai encore moins envie de ça avec vous.

Le parc est tout proche, nous marchons sur le trottoir et il a repris ma main pour la mettre dans la sienne.

— Je n'ai pas beaucoup d'expérience en matière de relation amoureuse, avoué-je, donc pour ce qui est de « brûler les étapes », je préfère effectivement que nous y allions tout doucement.

Il se retourne vers moi en me souriant, stoppe et me fait face. Il soulève mon menton afin de plonger ses yeux dans les miens et me déclare avec beaucoup de finesse qu'il est toujours très galant avec les femmes et qu'il tient à l'être particulièrement avec moi.

Nous repartons. En arrivant dans le parc, la lumière est magnifique, il y a beaucoup de promeneurs ou de gens qui lisent assis dans l'herbe.

Nous avançons et grimpons les marches maintenant sans nous presser. Il me pose des questions sur mon enfance, mes parents… Il n'y a rien de spécial dans ma vie et je ne vois pas ce qu'il me trouve, c'est ce que je finis par lui demander.

— Il y a quelque chose chez vous qui m'attire profondément, je ne peux pas vraiment décrire ce que c'est, mais je me souviens parfaitement de cette première fois où je vous ai vue dans le RER, vous sembliez désemparée, triste et tellement belle aussi, il y avait une lumière particulière sur votre visage et j'avais déjà eu envie de vous connaître plus.

— Pourquoi ne pas m'avoir abordée à ce moment-là ?

— Je n'en sais rien, l'instant était un peu magique, je suis descendu sans avoir réfléchi, mais j'avoue que je l'ai regretté ensuite.

— Pourquoi ne pas avoir repris le RER ? Je ne vous y ai jamais revu.

— Je n'y ai pas pensé, et puis je n'ai pas l'habitude de ce type de transport.

— C'est pourtant plus simple que d'être en voiture.

— À moto, me répondit-il, je circule à moto. Ce jour-là, elle n'a pas voulu démarrer et j'ai sauté dans le RER pour être à l'heure à mon rendez-vous.

— Je comprends mieux, c'est effectivement plus facile.

— Rapide et plus de liberté aussi.

Il propose de faire une pause et de s'asseoir sur un banc. J'acquiesce et il m'entraîne vers l'un d'eux un peu en retrait du monde, il se pose en premier et m'invite à prendre place à côté de lui où il n'a laissé que peu d'espace. Je suis vraiment très proche de lui.

Il passe un bras autour de mes épaules et je rougis bien sûr. Le silence s'installe et je n'ose pas bouger, lui semble à l'aise.

Finalement, et sans doute pour me donner de la contenance, je le questionne à nouveau sur son enfance, sur sa vie à l'orphelinat. Il est assez vague ne me racontant que peu de détails. Il me dit qu'il n'y a rien de très intéressant dans son passé. Je reviens sur ses parents naturels et sur le fait qu'il n'a jamais été tenté de les retrouver. Il me dit qu'il a reçu un jour une lettre du centre qui notifiait la possibilité de retirer son dossier personnel comportant tout son parcours depuis son entrée.

— Et… ? questionné-je.

— Je ne l'ai jamais réclamé.

— Pourquoi ?

— Je n'y accorde que peu d'intérêt.

— Vous ne voulez donc pas savoir ? Vous auriez pu connaître l'identité de vos parents finalement et peut-être avoir une piste pour les retrouver !

— J'ai fait ma vie sans ma famille biologique. Et puis comme je vous l'ai dit, personne ne m'a cherché, si je n'étais pas important pour eux, pourquoi le seraient-ils pour moi ?

— Je le conçois, et je respecte ce choix. Pour ma part, il me semble évident de connaître ses origines, d'où on vient, ça permet de comprendre certaines choses.

— Vous croyez que cela aide dans une vie de savoir d'où on vient ?

Je me mets à rire pensant à tout ce que j'ai fait ressortir du passé enfoui de ma famille.

— Vous pouvez m'en dire plus ? ajoute-t-il surpris par ma réaction.

— C'est un peu compliqué et je n'ai pas encore tout résolu, mais j'ai découvert, entre autres, que ma mère avait eu une vie avant de rencontrer mon père.

— Il n'y a rien d'anormal à cela, si ?

Je ris de plus belle.

— Si vous connaissiez mes parents, vous ne diriez pas ça. Ils sont de vrais aristocrates, donc une vie avant leur union est inopportune.

— Votre père est au courant de cette partie de vie de votre mère ?

— Je n'en sais rien du tout, juste le minimum sans doute.

— Ce n'est pas trop catastrophique finalement.

— Non, j'ai toutefois repris contact avec un membre de famille qui avait volontairement été éloigné et son histoire est assez chaotique.

— Il semblerait que vous ne baigniez plus dans cette bourgeoisie ! rit-il.

— Et j'en suis plutôt satisfaite. J'étais rangée dans cette vie de soi-disant classe privilégiée, un jour, je me suis réveillée avec la perception d'être différente. Depuis je fouille dans ma famille pour en connaître les raisons, et j'avoue que je comprends mieux ce revirement chez moi, je me trouve à ma place dans cette vie de femme normale que dans une pseudovie de bourgeoise aigrit avant l'heure.

Il se remet à rire et j'en fais autant.

— Je peux vous assurer que vous ne l'êtes pas du tout et je maîtrise ce rayon ! Et puis, vous êtes drôle ce qui n'est pas une grande qualité des bourgeoises en général.

Nous nous esclaffons.

— C'est certain, il suffit de voir mes parents pour s'en rendre compte, conclus-je.

— Vous êtes belle, Sophie, très belle. Vous a-t-on déjà dit que vous l'étiez, demande-t-il ayant retrouvé un peu de sérieux.

Il joue avec une mèche de mes cheveux tout en me regardant.

— J'avoue ne pas l'avoir entendu récemment, même depuis longtemps d'ailleurs.

— Quel gâchis, je vais me rattraper pour tous les autres…

Sur ces mots, il approche son visage du mien et m'attire à lui avec sa main sur ma nuque. Il s'arrête, me considère, et m'embrasse tendrement. Un bouleversement intérieur crépite en moi. Son baiser est doux, brûlant, humide et tellement agréable. Il recule un peu et plonge ses yeux pétillants dans les miens. Il prononce mon prénom à haute voix, juste mon prénom.

— J'adore ce prénom, affirme-t-il.

— Tant mieux, soufflé-je bloquée par ma timidité.

— Sophie, j'ai le sentiment que nous allons parfaitement nous entendre. Et aussi que je vais avoir du mal à me passer de vous quand je serai occupé ailleurs.

— Il va falloir ! Je vous rappelle que vous avez un planning surchargé, lancé-je un peu moqueuse.

— Je crois que je vais l'alléger, car j'ai d'autres priorités à partir de maintenant.

Nous restons assis sans parler, il regarde ma main qu'il a mise dans la sienne, il fait courir l'autre dans mon cou et dans mes cheveux.

— Tout est beau chez toi, prononce-t-il. Puis-je te tutoyer ?

— Je préfère, c'est trop aristo le vouvoiement, annoncé-je en m'esclaffant.

— Tes cheveux… ils sont vraiment divins.

Il les regarde d'une manière particulière en les faisant bouger entre ses doigts.

— La lumière du soleil dans tes cheveux… c'est magique.

— Tu exagères peut-être un peu, ironisé-je.

— Non, je t'assure. Je crois que tu n'as pas l'habitude d'être complimentée et peut-être aussi que ton mari n'avait pas vu ce que je vois.

— C'est possible.

— En tous les cas, je ne sais pas comment j'ai pu me passer de toi vu ce que je ressens à cet instant.

— Eh bien, il est clair qu'on ne m'a jamais rien dit de tel.

— Ça va changer, ma jolie Sophie, ça va changer.

Mathias paraît un peu tendu d'un coup et son corps se met en mouvement. Il remonte la manche de sa veste et vérifie l'heure qu'affiche sa montre Breitling.

— Il va falloir que l'on bouge malheureusement, j'ai un dîner plutôt barbant, planifié depuis longtemps.

— Dommage, commenté-je, un brin langoureuse.

Il sourit de me voir jouer avec lui et m'embrasse à nouveau.

— Il est clair que je préférerais passer la soirée avec toi.

— Une autre fois, répliqué-je d'un ton à peine moqueur.

Le parc est toujours aussi plein, peut-être plus. Il me raccompagne à la station du RER, il reste à Paris pour son rendez-vous. Je ne demande rien au sujet de son dîner bien sûr. Il me dit qu'il m'appellera demain dans le courant de la matinée.

Il m'enlace, m'embrasse à nouveau. Il est grand et j'ai ce sentiment de protection dans ses bras, c'est très agréable, j'ai l'impression d'être en sécurité contre son torse. Je me sépare de lui avec difficulté, descends les marches. Je me retourne à mi-chemin, il semble attendre que je ne sois plus visible pour filer à son tour.

27

Le lendemain, j'imagine Aurélie me sauter dessus avec un millier de questions sur l'après-déjeuner.

Elle est au téléphone lorsque j'arrive à la librairie, je me dis que j'ai le temps de ranger ma veste avant son interrogatoire.

Je pensais mal, elle est derrière moi alors que je la retire à peine.

— Je suppose que ta conversation n'était pas très captivante, lancé-je en la taquinant.

— Te fiche pas de moi, Sophie ! Alors ? Raconte ?

— Quoi ? Il n'y a rien à dire.

— Tu plaisantes ! Tu ne vas pas t'en sortir comme ça !

J'éclate de rire. Elle est impayable lorsqu'elle brûle de connaître certaines précisions.

Je lui relate toutefois notre balade, nos discussions sans lui donner de détails sur la vie de Mathias.

— Vous vous êtes embrassés quand même !

Je la regarde avec un air gêné, ce qui déclenche un ricanement chez elle que j'accompagne rapidement.

— Alors !?

— Oui bien sûr, nous nous sommes embrassés et c'était super agréable.

— Alléluia ! crie-t-elle presque.

— Aurélie ! Tu es complètement folle, rétorqué-je.

Nous sommes encore en train de rire au fond de la librairie lorsque Rosie arrive près de nous.

— Bonjour, mes anges, envoie-t-elle.

— Bonjour, Rosie, répond Aurélie toujours en se marrant. Désolée, mais nous évoquions des souvenirs hilarants.

— Je vois ça, vous avez raison. D'ailleurs, cela vous va bien, Sophie, vous semblez épanouie, mon ange.

Aurélie file vers l'entrée, elle me jette un coup d'œil complice.

— Je vais bien, Rosie. Voulez-vous prendre un café avec moi ?

— Avec plaisir.

Je m'apprête à laisser Rosie pour aller faire du café lorsqu'elle m'interpelle.

— La vie est plus simple une fois qu'on a déblayé un peu le terrain, lâche-t-elle.

— Sans doute, réponds-je sans comprendre sa remarque.

Je file vers la cafetière. Je m'arrête près d'Aurélie et lui fais part des bizarreries de Rosie.

— Elle est étrange Rosie, j'ai l'impression parfois qu'elle lit dans les pensées.

— C'est possible, il m'est arrivé de parvenir à la même conclusion.

Je me souviens de cette fois où elle m'avait parlé d'adultère, je ne comprenais pas vraiment ces propos à l'époque. Je crois que c'est à cette période que je prenais en considération ma vie ennuyeuse, où mes premiers rêves érotico-charnels sont apparus.

Aurélie est plongée dans ses cahiers et je file vers la cafetière.

Mon téléphone sonne à ce moment-là. C'est Mathias.

— Comment va la plus belle des Sophie ? me demande-t-il.

— La plus belle je ne sais pas, mais moi oui, réponds-je souriante.

— J'aurais tellement aimé rester avec toi hier, j'ai passé une soirée barbante, es-tu bien rentrée ?

— Bien sûr, merci de t'en inquiéter.

— Je crains de devoir me tourmenter maintenant pour tout ce qui te concerne, rit-il.

— N'exagérons rien, je ne viens pas de naître tout de même.

— Sophie, la date des signatures est pour bientôt, j'ai des rendez-vous par-dessus la tête jusqu'à cette date et j'avais prévu un déplacement de deux jours pour Londres, je ne vais pas pouvoir te voir.

— Ce n'est pas grave, je me suis passée de toi jusqu'à présent je peux encore le faire, relevé-je taquine.

— Tu joues avec moi, Sophie… j'ai envie d'être avec toi tout le temps.

C'est agréable à entendre, je souris, je me sens aimée par cet homme qui ne connaît rien de moi, ou si peu, comment est-ce possible ?

— Je t'appellerai de Londres, et si j'arrive à rentrer plus tôt, cela me fera vraiment plaisir de te voir. Je dois filer maintenant je suis attendu et ensuite j'ai mon vol.

— Bien sûr, conclus-je. À bientôt alors.

— À très bientôt, ma Sophie.

Je raccroche, complètement sous le charme, cet homme saccage mes entrailles.

Le café est prêt. J'en dépose une tasse devant Aurélie et en apporte une à Rosie.

— Merci, mon ange, dit-elle.

Elle souffle sur le liquide chaud et prend un petit gâteau au passage. Elle me regarde tout en savourant sa boisson.

— Tu n'es pas au bout de tes peines, mon ange, mais déjà l'amour est en toi, n'est-ce pas le plus important ?

Quelle bizarrerie de nouveau ! J'opte pour juste lui sourire, jamais je ne lui demanderai ce qu'elle veut dire par là. Et je n'ai aucune envie de savoir ce que me réserve l'avenir.

Je prétexte la nécessité d'apporter de l'aide à Aurélie et file sans délai.

Aurélie a fini d'écrire dans ses cahiers, les commandes ne sont pas arrivées et tout est en place, on s'ennuierait presque.

— C'est ton amoureux qui t'appelait ?

Je lui envoie un coup de coude dans les côtes pour la faire taire. Elle rit.

— Il est présent on dirait, ça commence bien.

— Tu parles, il part à Londres pour deux jours et je ne le verrai sans doute pas avant les dédicaces de son dernier roman.

— Il est effectivement très pris, entre les manifestations littéraires, les signatures, les nouveaux auteurs à éditer et à lire avant et en plus, il écrit !

— Il doit lire tous les livres qui arrivent ?

— Non. Heureusement pour lui. Il ne lit que ce qui a été relevé par le comité de lecture, et par plusieurs membres. Ensuite seulement, il lira le manuscrit.

— Ce n'est pas pour moi ce boulot !

— Non, rit-elle, toi, tu lis tellement lentement qu'on ne pourrait jamais publier un livre !

— Tu exagères, mais j'en ris tout autant qu'elle, car elle a raison.

La fin de la journée est interminable. Mathias occupe finalement mon esprit plus que de raison et je m'en veux presque de trop y penser, j'en oublie de vérifier les devoirs de Clara et d'être suffisamment présente avec les filles.

Justement, nous arrivons au week-end de Pâques et mes parents nous attendent toutes les quatre pour déjeuner dimanche, un bon repas de famille comme avant, sans Paul cette fois. Il me semble que ce sera d'ailleurs le premier repas depuis la période où j'ai dû mettre de la distance entre nous à cause de ses incartades conjugales. C'est bien que les choses reprennent plus ou moins leur place, et puis les filles vont de plus en plus chez leurs grands-parents. Sans Paul à la maison, ils se sentent plus investis et ils sont du reste très agréables avec elles, elles sont contentes de les voir.

28

Mathias n'a pas pu rentrer plus tôt de Londres, il y croyait encore à la fin de son colloque, mais la rencontre de nouvelles personnes importantes l'a obligé à rester sur place. En fin de compte, il revient le jour de ses dédicaces, heureusement qu'il avait fixé cette date, car il aurait pu être retenu plus longtemps. Je ne vois pas comment il va pouvoir m'intégrer dans son planning plus que chargé. C'est ce qu'il m'a dit qu'il ferait, mais je me demande comment il fera.

À quinze heures le mardi, j'arrive seule à la librairie dont il m'a indiqué l'adresse. Elle ne ressemble pas à celle d'Aurélie, elle est plus importante, plus centrale aussi.

Déjà une file, de fans sans doute, se trouve devant la porte.

Je l'aperçois à travers la vitre, occupé à discuter avec quelques personnes avant que les dédicaces ne commencent. Mathias tourne la tête vers la rue, et nos regards se croisent, il se redresse avec un grand sourire, j'en suis un peu gênée.

Je ne me vois pas arriver en passant devant tous ces gens. Je vais rester discrète et patienter. Je ralentis le pas à presque m'arrêter. Je me résous à attendre jusqu'à la fin des signatures.

Peu de temps après, une femme sort et vient à ma rencontre, elle se présente comme étant Émie, la collaboratrice de Mathias. Je la reconnais, je l'ai vue au Salon du livre avec lui lorsqu'il m'avait bousculée. Elle m'embrasse sur les joues sans hésitation, elle est souriante et m'invite à la suivre à l'intérieur.

Elle m'accompagne auprès de Mathias, il est tout proche de moi maintenant, il se penche vers moi, dépose un baiser sur ma pommette proche de mon oreille tout en passant un bras autour de ma taille.

— Tout va bien ? questionne-t-il.

— Très bien, merci.

— Je vais signer quelques livres et ensuite je t'emmène dîner si tu es libre.

— Bien sûr, réponds-je avec empressement.

Les gens entrent dans la librairie dès quinze heures trente juste à l'ouverture des portes. Si toutes ces personnes sont ses fans, je dois dire qu'il en a beaucoup, je suis impressionnée. Est-ce le fait qu'il soit connu dans le monde littéraire en tant qu'éditeur ou est-ce parce que ses livres sont particulièrement bons ? Il y a toute sorte de publics, jeunes, moins jeunes, élégants ou pas. Je me mets un peu en retrait de toute cette foule, elle me fait presque peur.

Émie me fait signe de la rejoindre en fond de boutique et m'offre un thé. Elle est très souriante et agréable. Elle me raconte en vitesse son parcours auprès de Mathias et son rôle dans la maison d'édition. Elle est assez surprise de constater que je n'y connais pas grand-chose, sans doute n'a-t-il pas l'habitude de fréquenter du monde en dehors de ce monde-là. J'explique à Émie la raison de ma présence au Salon du livre et ma collaboration avec Aurélie. Elle semble seulement être au courant de son existence, c'est vrai que « la petite librairie d'Aurélie » est vraiment toute petite.

Je tourne la tête de temps à autre vers Mathias, les gens veulent échanger quelques mots en plus d'un autographe, et parfois une phrase de plus, une photo. J'ai un angle de vue intéressant et je peux suivre à loisir ce qui se passe sans être vu.

Émie me parle sans interruption, elle paraît en manque de conversation. D'un coup, je suis attirée par une silhouette devant Mathias, il s'est redressé pour discuter plus longtemps avec cette fan que son corps camoufle en grande partie, il semble la connaître plus que tous les autres. Émie continue à s'exprimer sans discontinuer, mais mon regard est accroché à la scène et je suis avide de savoir qui se cache derrière Mathias. Finalement, un mouvement se fait, Mathias embrasse la femme sur la joue. Elle doit avoir plus d'importance à ses yeux qu'un simple fan pour obtenir des bises de sa part, ma curiosité est à son extrême. Il s'assied enfin dévoilant la personne, elle se tourne très vite pour quitter les lieux, mais j'ai le temps de voir son visage bien qu'elle baisse la tête rapidement, je l'aurais reconnue entre mille, je comprends maintenant pourquoi j'ai été attiré par cette silhouette, mince presque sèche, grande, les cheveux bruns, presque noirs tirés dans un chignon parfait, un maintien de femme du monde, « ma mère » dans toute sa splendeur vient de faire signer son exemplaire du livre. J'ai même vu un sourire sur son visage ouvert avant qu'elle se détourne de Mathias.

Incroyable ! Je n'en reviens pas.

Émie a stoppé son monologue et m'interroge du regard.

— Je suis désolée, Émie, j'ai vu quelqu'un que je connais et du coup j'ai perdu le fil de notre conversation, excuse-moi.

— Ce n'est pas grave. Il faut que j'y aille de toute façon, Mathias va avoir besoin de moi, je te laisse là, je pense que c'est bientôt fini.

— Bien sûr, je t'en prie.

Je reste avec ma tasse de thé froid maintenant. Je suis complètement ahurie d'avoir vu ma mère ici. Je n'arrive pas à concevoir la situation. Elle s'est déplacée pour rencontrer un auteur pendant une dédicace ! Je le crois à peine. C'est juste inimaginable, et pourtant, je viens de le vivre en direct.

Ce qui est encore plus fou, c'est qu'elle a l'air d'apprécier vraiment les livres de Mathias et semble le connaître plus que les autres gens puisqu'il l'a embrassée. Je m'assieds complètement renversée.

Je demanderai des précisions à Mathias évidemment. Et elle, de son côté, me dira-t-elle quelque chose ? Il faudrait que je lui avoue que j'ai rencontré Mathias et je n'ai pas envie de lui parler de quoi que ce soit le concernant, c'est trop tôt. Je compte le garder un peu pour moi, pour l'instant tout du moins.

Les dernières personnes arrivent près de Mathias et je vois le propriétaire de la librairie qui semble faire stopper les signatures. Il est plus de dix-huit heures trente, j'ai pu approcher Mathias à deux reprises durant cet après-midi, il est venu se rafraîchir et me dire qu'il ne pensait vraiment pas à tout ce monde au départ, il est aussi désolé de me laisser patienter en fond de boutique, il m'a même proposé de lire un livre d'un ton moqueur. Je l'ai renvoyé gentiment à ses obligations.

Le libraire avait prévu une bouteille de champagne et nous ne pouvons pas y échapper, il a gardé quelques lecteurs et amis d'exception pour l'occasion. Émie a réussi à filer avant nous, elle était attendue. Heureusement, cela ne traîne pas trop longtemps, Mathias fait part discrètement de notre rendez-vous ce qui nous permet de quitter les lieux moins d'une heure plus tard.

Un taxi est devant l'entrée, l'avait-il commandé en avance ? Je ne me souviens pas de l'avoir vu faire. Il remercie le libraire et programme un appel téléphonique avant de partir. Nous grimpons dans la voiture, Mathias donne l'adresse au chauffeur, puis s'enfonce dans son siège en expirant. Il prend rapidement ma main dans la sienne. Il n'ouvre pas de conversation, sans doute attend-il que nous soyons seuls ? J'ai cette question au sujet de ma mère qui tourne dans ma tête, mais je patienterai jusqu'au bon moment pour en parler.

Une musique de jazz joue dans l'habitacle, les doigts de Mathias suivent le rythme sur ma main, il semble se détendre peu à peu. Il doit effectivement être en train de se vider de ce qu'il vient de vivre, tout ce monde autour de lui, l'attention avec les signatures, les quelques phrases échangées… comment être toujours souriant et poli, cela doit être épuisant à force.

Je sens son buste devenir plus souple, nous sommes en contact, j'en ressens la chaleur et c'est agréable.

Il bouge légèrement et passe son bras autour de mes épaules.

— Merci d'être là, lance-t-il enfin.

— Pourquoi me remercier ?

— Je crois que j'ai besoin de toi maintenant, cette séance de dédicaces fut longue.

— Est-ce toujours comme ça ?

— D'habitude, c'est plus court. Ce sont toutefois de vrais moments privilégiés avec mes lecteurs et certains sont presque des amis.

Je repense à ma mère, serait-il possible qu'il la considère comme cela ? J'espère le contraire, c'est peut-être assez égoïste, mais vu les rapports que j'ai avec elle, je serais plutôt mal à l'aise si c'était le cas.

— Tu veux dire que certains de tes fans sont devenus des proches ?

— Bien sûr, cela te semble étrange ?

— Non, je trouve cela bien au contraire. C'est juste nouveau pour moi.

Mathias me regarde maintenant d'un air curieux, ma réaction a dû lui paraître bizarre.

— J'aurais dû rentrer plus tôt de Londres. J'avais cette séance de dédicaces fixée depuis longtemps et je le savais, elle m'a épuisé.

— J'imagine que si tu es resté c'est que tu n'as pas pu faire autrement.

— Bien sûr, c'était important, mais je dois penser à moi et je ne le fais pas assez. Maintenant que tu es là, je tiens à faire vraiment différemment.

Sur ces paroles, Mathias prend ma main qu'il ouvre, la porte à sa bouche et embrasse ma paume. Je vois le regard du chauffeur dans le rétroviseur et cela me dérange un peu. Il me presse contre lui, plus près de lui, ce qui me permet d'être en dehors du champ de vision du conducteur. Je pose ma tête sur son épaule. Je peux sentir l'odeur de sa peau. Il embrasse mes cheveux et me resserre encore plus.

Je suis juste bien, dans la douceur d'un bonheur parfait, un rêve éveillé au milieu des lumières de la ville, de la tour Eiffel qui ne scintille presque que pour moi. Elle a l'air de me dire que cette vie est pétillante de volupté maintenant.

Je suis heureuse aujourd'hui dans ce que je vis. Je sais qu'il me reste des choses à découvrir et des questions à poser. Je suis consciente que tout n'est pas fini. J'espère seulement avoir passé la partie la plus difficile. Il y a ce point sombre que je veux élucider, celui de ma mère en face de Mathias, souriante, presque aimable, il semblerait... enfin je n'ose y penser !

La voiture roule vers notre restaurant, je saurais lui poser les bonnes questions, il le faut.

À suivre…

Ce roman vous a plu ? Découvrez la suite de cette histoire.

Divergence et équation du bonheur

Tome 2

1

Moins d'une demi-heure plus tard, nous sommes dans le restaurant qu'il a choisi pour cette soirée, le 23 Clauzel. Mathias est tout à moi maintenant, je n'ai plus qu'à profiter pleinement de ces moments. J'espère mieux le découvrir. C'est notre premier dîner en tête-à-tête.

Nous sommes accueillis chaleureusement et l'un des serveurs nous accompagne dans une salle basse voûtée aux murs en pierres apparentes, l'espace est plus intime.

Mathias attend que je sois installée avant de prendre place. Le serveur nous tend les cartes et s'éloigne nous laissant le temps de faire notre choix. Mathias me fait quelques suggestions, je l'écoute, il est vraiment beau et je m'en rends compte de plus en plus. Je me sens femme à ses côtés, la douce sensation de plaire à la personne assise en face de moi, c'est agréable et tellement nouveau.

Je n'ai pas ressenti cela depuis longtemps. L'ai-je déjà seulement éprouvé avec Paul ? Nous n'allions pas souvent au restaurant en duo, au début peut-être, mais après l'arrivée des filles, je ne crois pas, c'est un souvenir qui a quitté ma mémoire en tout cas.

Le serveur part avec notre commande et Mathias me considère, me sourit…

— Tu es un peu lointaine, Sophie, tout va bien ? me demande Mathias.

— Tout va bien.

— Te sens-tu à l'aise ? Tu n'as pas de gêne ?

— Non, tout est parfait.

Le sommelier s'approche de notre table et propose un vin blanc en fonction de notre commande, Mathias approuve et il repart quérir notre breuvage.

— J'ai envie que ça te plaise, c'est un restaurant que j'affectionne particulièrement. Je viens ici pour des occasions particulières.

— Pour des repas d'affaires ?

— Avec des amis de qualité. Je travaille avec certains d'entre eux, donc c'est un peu pareil, me répond-il. Je n'ai pas l'habitude de venir ici accompagné d'une jolie femme par contre.

J'attends que le sommelier qui vient faire goûter notre vin à Mathias soit reparti pour aller plus loin.

— Et où vas-tu quand tu décides de dîner avec une jolie femme justement ?

— Eh bien, ça fait bien longtemps que je ne suis pas allé au restaurant agréablement accompagné.

— Tu as eu beaucoup de relations depuis ton divorce, lui demandé-je gentiment, mais fermement.

— Quelques-unes, mais rien de sérieux, des passades c'est tout.

— Seulement des passades ?

— Mais dis-moi, c'est un vrai interrogatoire ?

— On dirait, lui dis-je toujours en finesse. Si nous devons aller plus loin tous les deux, j'ai besoin de savoir qui j'ai en face de moi.

Je ne suis pas une grande experte des relations intimes et je ne tiens pas à me réveiller un matin en me rendant compte que je me suis trompée.

Mathias semble être piqué au vif et je me dois de remettre un peu de douceur dans mes arguments.

C'est à ce moment-là que le, ou plutôt la, maître d'hôtel vient nous saluer, elle semble connaître Mathias. Elle est chaleureuse et nous détaille toutes les subtilités du plat que nous venons de déguster. Elle prend congé, le serveur retire nos assiettes et nous propose un dessert en nous laissant la carte.

— Je suis désolée, Mathias, je suis un peu brusque, mais vois-tu, je suis restée mariée à un homme dont j'ai découvert tardivement l'inconstance. Je suis très naïve, mais je me soigne. En attendant, je n'ai pas envie de me retrouver dans une situation compliquée, ne m'en veux pas.

— Ta réflexion est juste, Sophie, et je comprends parfaitement, tu ne sais rien de moi et effectivement tu ne peux pas être à cent pour cent sûre. Ce que je te dis est sincère et je prendrai le temps qu'il faut pour te convaincre de la pureté de mes sentiments à ton égard.

— On n'en est pas là.

— Je ne sais pas trop où j'en suis. Ce que je sais, c'est que je suis très attiré par toi, je ne connais pas la raison de cette attraction, il n'y en a sans doute pas d'ailleurs. Ce que je souhaite par-dessus tout c'est que ça ne change pas, bien au contraire, et je compte tout faire pour être dans ta vie intime. Je ne veux que ton bonheur, Sophie.

— Eh bien, eh bien, pour quelqu'un qui parle de temps tu sembles brûler les étapes… laisse-moi un peu de ce temps quand même.

— Tu auras tout le temps que tu désires à partir du moment où tu n'es pas trop loin de moi.

Il a dit ces dernières paroles en prenant ma main dans la sienne, il me regarde intensément, et pose un baiser sur le bout de mes doigts.

— Demande-moi tout ce que tu veux Sophie et je répondrai, mais avant tout que dirais-tu d'un Tiramisu ?

— Peut-être un peu trop pour moi.

Il fait signe au serveur qui arrive dans l'instant, et commande un Tiramisu et deux cuillères.

Il me sourit se tournant vers moi.

— Où en étions-nous ?

— Aux questions !

— Je suis tout ouïe.

Il repose ma main, très attentif à ce que je vais lui demander, je suis un peu déstabilisée.

— Connais-tu bien cette femme avec qui tu as parlé un bon moment pendant les dédicaces ?

— Quelle femme ?

— Une dame d'un certain âge, tu l'as embrassée sur la joue avant de quitter la librairie.

— Mmm, il faut que je me méfie de toi, tu as l'air d'avoir des yeux partout, dit-il blagueur.

— Mais oui il faut que tu te méfies, lui rétorqué-je en riant.

— Tu parles sans doute de Francelyne ! C'est une femme très charmante, elle adore mes livres, je la retrouve à toutes mes signatures depuis de nombreuses années et elle fait partie des intimes de mes rencontres.

— Francelyne ! Tu connais son prénom ?

— Bien sûr, quelle question ! Tu as l'air si surprise, cela te gêne-t-il ?

— Pas le moins du monde, la seule chose c'est que c'est aussi le prénom de ma mère…

— Tu veux dire…

— Oui.

— Incroyable !

— C'est ce que je me suis dit en la voyant près de toi.

— Mais tu m'as dit que ta mère était plutôt du style acariâtre.

— Eh bien, c'est vrai.

— Ce n'est pas comme ça que je la perçois.

— C'est parce que tu n'es pas son fils, lui dis-je en riant.

— Sans doute, reprend-il sur le même ton. Que le monde est petit !

— Et Paris n'est pas si grand !

— Elle a dû échanger avec toi au sujet de mes livres ?

— Non, d'ailleurs elle ne m'a jamais parlé d'aucun des livres qu'elle lit, c'est son jardin secret et on n'y entre pas.

— C'est un peu singulier cette histoire. Francelyne doit faire partie des premières personnes à lire mes romans dès qu'ils sortent.

— Je n'en reviens pas moi-même.

— Comptes-tu lui en parler ?

— Pas vraiment, enfin pas tout de suite…

Postface

J'ai écrit ce roman pensant en écrire qu'un seul tome. Contrairement à mon premier roman « Une deuxième chance » que j'ai écrit d'une manière très désordonnée, celui-ci était construit, j'ai commencé à travailler en m'aidant des fiches personnages, de plan, de chronologie et je savais au début comment se déroulerait l'histoire et comment elle finirait, mais au fur et à mesure de l'écriture, je me rendais compte qu'il me fallait plus de pages pour arriver à cette fin ! J'ai donc scindé ce roman pensant en faire une duologie... que nenni !

Remerciements.

Je remercie en premier mes enfants et mes amis qui me suivent depuis le début de cette aventure merveilleuse.

Je remercie mes amies et mes consœurs qui m'ont aidé à trouver certains détails de lieux et inspirations pour ce premier tome, je nomme Cathy pour le Cantal, Armelle pour l'Irlande et Alexandra pour Paris.

Je remercie ma première et dernière correctrice et amie Geneviève qui avec abnégation prend soin de mes écrits.

Je remercie Maude, consœur auteure, pour son retour de lecture approprié. Ma fille Esther, mes amies Sandrine et Blandine qui ont su être pertinentes. Mon amie de cœur Mishka, qui sait comme toujours être précise dans son jugement et qui m'a permis d'en changer certains passages avant de le rendre public.

À propos de l'auteur

L'écriture a toujours fait partie de ma vie, jeune fille elle me permettait de me vider de mes émotions, plus tard je me suis rendu compte que c'était une thérapie de vie. Aujourd'hui c'est comme une évidence. Elle est devenue une passion qui m'habite. C'est une sensation de plaisir intense.

Depuis quelques années j'écris des romans à suspense avec des histoires peu communes, j'aime me laisser porter par mon imagination qui déborde souvent et me nourrit.

J'écris dans un style feelgood, car j'aime les histoires qui font du bien et relèvent des questions à résoudre dans nos vies.

Mon premier roman « Une deuxième chance » à une connotation fantastique, il a été réédité et un autre roman va suivre avec certains des personnages de ce roman.

Mon second roman en 3 tomes est une histoire à suspense, mon héroïne Sophie y voit sa vie chamboulée. « Turbulences et café crème » suivi de « Divergence et équation du bonheur », le troisième tome verra le jour le premier semestre 2021.

« Une année sans Noël » l'histoire d'une jeune femme qui fuit Noël (c'est aussi le prénom de son petit ami) pour une île paradisiaque afin de tenter de s'y ressourcer, elle y trouvera bien plus que ça.

J'ai le projet d'écrire une suite à mon premier roman et d'autres suivront, car mes idées ne manquent pas.

J'écris depuis ma Provence natale ces histoires à suspense et rocambolesques qui vous tiennent en haleine jusqu'aux dernières pages.

Mon autre activité est l'architecture que je pratique dans ma maison de famille au pied du Luberon.

Si vous voulez m'exprimer vos retours directement et me poser des questions, vous pouvez le faire en m'écrivant sur mon e-mail :
contact@valeriegreffeuille-auteure.com

Vous pouvez également me suivre sur mon site : valeriegreffeuille-auteure.com

Sur Facebook :
www.facebook.com/ValerieGreffeuilleAuteure
Sur Instagram :
www.instagram.com/valeriegreffeuilleauteure
Sur Twitter : twitter.com/valeriegreffeui
Sur Pinterest : www.pinterest.fr/valeriegreffeuille
Sur YouTube :
www.youtube.com/channel/UCugttUwslNxu9RHFvaE3VLQ

Je vous souhaite une belle route de vie et vous dis à très vite.
Valérie Greffeuille auteure

Les autres livres de l'auteur

– Une deuxième chance.

– Divergence et équation du bonheur, tome 2 (réédition ancien titre : Tout se complique)

– Une année sans Noël.

À venir.

– Tome 3 qui sera le dernier volet de la trilogie – Résilience et vent de liberté (sortie 2021)